LE MYSTÈRE

François Mauriac est né en 1
étudie chez les marianistes et à

Paru dans Le Livre de Poche :

LE NŒUD DE VIPÈRES.

LA FIN DE LA NUIT.

GÉNITRIX.

THÉRÈSE DESQUEYROUX.

LE DÉSERT DE L'AMOUR.

LE BAISER AU LÉPREUX.

LE FLEUVE DE FEU.

PRÉSÉANCES *suivi de* GALIGAÏ.

TROIS RÉCITS *suivi de* PLONGÉES.

ŒUVRES ROMANESQUES.
(La Pochothèque)

FRANÇOIS MAURIAC

de l'Académie française

Le Mystère Frontenac

GRASSET

Comme un fruit suspendu dans l'ombre du feuillage,
Mon destin s'est formé dans l'épaisseur des bois.
J'ai grandi, recouvert d'une chaleur sauvage,
Et le vent qui rompait le tissu de l'ombrage
Me découvrit le ciel pour la première fois.
Les faveurs de nos dieux m'ont touché dès l'enfance ;
Mes plus jeunes regards ont aimé les forêts,
Et mes plus jeunes pas ont suivi le silence
Qui m'entraînait bien loin dans l'ombre et les secrets.

MAURICE DE GUÉRIN

PREMIÈRE PARTIE

I

Xavier Frontenac jeta un regard timide sur sa belle-sœur qui tricotait, le buste droit, sans s'appuyer au dossier de la chaise basse qu'elle avait rapprochée du feu ; et il comprit qu'elle était irritée. Il chercha à se rappeler ce qu'il avait dit, pendant le dîner : et ses propos lui semblèrent dénués de toute malice. Xavier soupira, passa sur son crâne une main fluette.

Ses yeux fixèrent le grand lit à colonnes torses où, huit ans plus tôt, son frère aîné, Michel Frontenac, avait souffert cette interminable agonie. Il revit la tête renversée, le cou énorme, que dévorait la jeune barbe vigoureuse ; les mouches inlassables de juin qu'il ne pouvait chasser de cette face suante. Aujourd'hui, on aurait tenté de le trépaner, on l'aurait sauvé peut-être ; Michel serait là. Il serait là... Xavier ne pouvait plus détourner les yeux de ce lit ni de ces murs. Pourtant ce n'était pas dans cet appartement que son frère avait expiré : huit jours après les obsèques, Blanche Frontenac, avec ses cinq enfants, avait quitté la maison de la rue Vital-Carles, et s'était réfugiée au troisième étage de l'hôtel qu'habitait, rue de Cursol, sa mère, Mme Arnaud-Miqueu. Mais les mêmes rideaux à fond bleu, avec des fleurs jaunes, garnissaient les fenêtres et le lit. La commode et l'armoire se faisaient face, comme dans l'ancienne chambre. Sur la cheminée, la même dame en bronze, robe montante et manches longues, représentait la Foi. Seule, la lampe avait changé : Mme Frontenac avait acquis un modèle nouveau que toute la famille admirait : une colonne d'albâtre supportait le réservoir de cristal où la mèche, large ténia, baignait dans le pétrole. La flamme se divisait en nombreux pétales incandescents. L'abat-jour était un fouillis de dentelles crème, relevé d'un bouquet de violettes artificielles.

Cette merveille attirait les enfants avides de lecture. En l'honneur de l'oncle Xavier, ils ne se coucheraient qu'à neuf heures et demie. Les deux aînés, Jean-Louis et José, sans perdre une seconde, avaient pris leurs livres : les deux premiers tomes des *Camisards* d'Alexandre de Lamothe. Couchés sur le tapis, les oreilles bouchées avec leurs pouces, ils s'enfonçaient, s'abîmaient dans l'histoire ; et Xavier Frontenac ne voyait que leurs têtes rondes et tondues, leurs oreilles en ailes de Zéphyr, de gros genoux déchirés, couturés, des jambes sales, et des bottines ferrées du bout, avec des lacets rompus, rattachés par des nœuds.

Le dernier-né, Yves, auquel on n'eût jamais donné ses dix ans, ne lisait pas, mais, assis sur un tabouret, tout contre sa mère, il frottait sa figure aux genoux de Blanche, s'attachait à elle, comme si un instinct l'eût poussé à rentrer dans le corps d'où il était sorti. Celui-là se disait qu'entre l'explication au tableau de demain matin, qu'entre le cours d'allemand où M. Roche peut-être le battrait, et le coucher de ce soir, une nuit bénie s'étendait : « Peut-être, je mourrai, je serai malade... » Il avait fait exprès de se forcer pour reprendre de tous les plats.

Derrière le lit, les deux petites filles, Danièle et Marie, apprenaient leur catéchisme. On entendait leurs fous rires étouffés. Elles étaient isolées, à la maison même, par l'atmosphère du Sacré-Cœur, tout occupées de leurs maîtresses, de leurs compagnes, et souvent, à onze heures, dans leurs lits jumeaux, elles jacassaient encore.

Xavier Frontenac contemplait donc à ses pieds ces têtes rondes et tondues, les enfants de Michel, les derniers Frontenac. Cet avoué, cet homme d'affaires avait la gorge contractée ; son cœur battait plus vite : cette chair vivante était issue de son frère... Indifférent à toute religion, il n'aurait pas voulu croire que ce qu'il éprouvait était d'ordre mystique. Les qualités particulières de ses neveux ne comptaient pas pour lui : Jean-Louis, au lieu d'être un écolier éblouissant d'intelligence et de vie, eût-il été une petite brute, son oncle ne l'en aurait pas moins aimé ; ce qui leur donnait, à ses yeux, un prix inestimable ne dépendait pas d'eux.

« Neuf heures et demie, dit Blanche Frontenac. Au lit ! N'oubliez pas votre prière. »

Les soirs où venait l'oncle Xavier, on ne récitait pas la prière en commun.

« N'emportez pas vos livres dans votre chambre.

– Où en es-tu, José ? demanda Jean-Louis à son frère.

– J'en suis, tu sais, quand Jean Cavalier... »

Les petites filles tendirent leurs fronts moites à l'oncle. Yves restait en arrière.

« Tu viendras me border ? dis, maman ? Tu viendras me border ?

– Si tu insistes encore, je ne viendrai pas. »

De la porte, le plus chétif de ses garçons lui jeta un regard suppliant. Ses chaussettes disparaissaient dans ses souliers. Sa petite figure mince lui faisait de grandes oreilles. La paupière gauche était tombante, recouvrait presque tout le globe de l'œil.

Après le départ des enfants, Xavier Frontenac observa encore sa belle-sœur : elle n'avait pas désarmé. Comment l'aurait-il blessée ? Il avait parlé des femmes de devoir dont elle était le type. Il ne comprenait pas que ces sortes de louanges exaspéraient la veuve. Le pauvre homme, avec une lourde insistance, vantait la grandeur du sacrifice, déclarait qu'il n'y avait rien au monde de plus beau qu'une femme fidèle à son époux défunt, et dévouée tout entière à ses enfants. Elle n'existait à ses yeux qu'en fonction des petits Frontenac. Il ne pensait jamais à sa belle-sœur comme à une jeune femme solitaire, capable d'éprouver de la tristesse, du désespoir. Sa destinée ne l'intéressait en rien. Pourvu qu'elle ne se remariât pas et qu'elle élevât les enfants de Michel, il ne se posait guère de question à son sujet. Voilà ce que Blanche ne lui pardonnait pas. Non qu'elle ressentît aucun regret : à peine veuve, elle avait mesuré son sacrifice et l'avait accepté ; rien ne l'eût fait revenir sur sa résolution. Mais, très pieuse, d'une piété un peu minutieuse et aride, elle n'avait jamais cru que, sans Dieu, elle aurait trouvé la force de vivre ainsi ; car c'était une jeune femme ardente, un cœur brûlant. Ce soir-là, si Xavier avait eu des yeux pour voir, il aurait pris en pitié, au milieu des livres abandonnés sur le tapis et du désordre de ce nid déserté, cette mère tragique, ces yeux de jais, cette figure bilieuse, ravinée, où des restes de beauté résistaient encore à l'amaigrissement et aux rides. Ses bandeaux déjà gris, un peu en désordre, lui donnaient l'air négligé d'une femme qui n'attend plus rien. Le corsage noir, boutonné par-devant, moulait les épaules maigres, le buste réduit. Tout son être trahissait la fatigue, l'épuisement de la mère que ses petits dévorent vivante. Elle ne demandait pas d'être admirée ni plainte, mais d'être comprise. L'indifférence aveugle de son beau-frère la mettait hors d'elle et la rendait violente et injuste. Elle s'en repentait et se frappait la poitrine dès qu'il n'était plus là ; mais ses bonnes résolutions ne tenaient pas lorsqu'elle revoyait cette figure inexpressive, ce petit homme sans yeux devant qui elle se sentait inexistante et qui la vouait au néant.

Une voix faible s'éleva. Yves appelait : il ne pouvait se contenir et pourtant redoutait d'être entendu.

« Ah ! cet enfant ! »

Blanche Frontenac se leva, mais se rendit d'abord chez les deux aînés. Ils dormaient déjà, serrant dans leurs petites mains un scapulaire. Elle les borda et, du pouce, traça une croix sur leur front. Puis elle passa dans la chambre des filles. La lumière luisait sous la porte. Dès qu'elles eurent entendu leur mère, elles éteignirent. Mme Frontenac ralluma la bougie. Entre les deux lits jumeaux, sur la table, des quartiers d'orange étaient disposés dans une assiette de poupée ; un autre plat contenait du chocolat râpé et des morceaux de biscuits. Les petites se cachèrent sous leurs draps et Blanche ne voyait plus que leurs couettes tressées que nouait un ruban déteint.

« Privées de dessert... et je noterai sur votre carnet que vous avez été désobéissantes. »

Mme Frontenac emporta les reliefs de la « dînette ». Mais à peine la porte refermée, elle entendit des fusées de rire. Dans la petite pièce voisine, Yves ne dormait pas. Lui seul avait droit à la veilleuse ; son ombre se détachait sur le mur où sa tête paraissait énorme et son cou plus frêle qu'une tige. Il était assis, en larmes, et pour ne pas entendre les reproches de sa mère, il cacha sa figure dans son corsage. Elle aurait voulu le gronder, mais elle entendait battre ce cœur fou, elle sentait contre elle ces côtes, ces omoplates. A ces moments-là, elle éprouvait de la terreur devant cette possibilité indéfinie de souffrance, et elle le berçait :

« Mon petit nigaud... mon petit idiot... Combien de fois t'ai-je dit que tu n'es pas seul ? Jésus habite les cœurs d'enfants. Quand tu as peur, il faut l'appeler, il te consolera.

– Non, parce que j'ai fait de grands péchés... Tandis que toi, maman, quand tu es là, je suis sûr que tu es là... Je te touche, je te sens. Reste encore un peu. »

Elle lui dit qu'il fallait dormir, qu'oncle Xavier l'attendait. Elle l'assura qu'il était en état de grâce : elle n'ignorait rien de ce qui concernait son petit garçon. Il se calmait ; un sanglot le secouait encore, mais à longs intervalles. Mme Frontenac s'éloigna sur la pointe des pieds.

II

QUAND elle rentra dans sa chambre, Xavier Frontenac sursauta :

« Je crois que j'ai dormi... Ces randonnées à travers les propriétés me fatiguent un peu...

– A qui vous en prendre, sinon à vous-même ? répondit Blanche aigrement. Pourquoi vivre à Angoulême, loin de votre famille ? Après la mort de Michel, vous n'aviez qu'à vendre l'étude. Il eût été tout naturel que vous reveniez habiter Bordeaux et lui succédiez dans la maison de bois merrains... Je sais que nous avons la majorité des actions, mais l'associé de Michel a maintenant toute l'influence... Ce Dussol est un brave homme, je le veux bien ; il n'empêche qu'à cause de vous, mes petits auront plus de peine à se faire une place dans la maison. »

A mesure qu'elle parlait, Blanche sentait la profonde injustice de ces reproches, – au point qu'elle s'étonnait du silence de Xavier : il ne protestait pas, il baissait la tête, comme si elle eût atteint, chez son beau-frère, une secrète blessure. Et pourtant, il n'aurait eu qu'un mot à dire pour se défendre : à la mort du père Frontenac, qui suivit de près celle de son fils Michel, Xavier avait renoncé à sa part de propriétés en faveur des enfants. Blanche avait cru d'abord qu'il s'agissait pour lui de se débarrasser d'une surveillance ennuyeuse ; mais au contraire, ces vignobles qui ne lui appartenaient plus, il offrit de les gérer et de prendre en main les intérêts de ses neveux. Tous les quinze jours, le vendredi, quelque temps qu'il fît, il partait d'Angoulême vers trois heures, prenait à Bordeaux le train de Langon où il descendait. La victoria ou le coupé, selon la température, l'attendait à la gare.

A deux kilomètres de la petite ville, sur la route nationale, aux abords de Preignac, la voiture franchissait un portail et Xavier reconnaissait l'amertume des vieux buis. Deux pavillons, construits par l'arrière-grand-père, déshonoraient cette chartreuse du XVIIIe siècle où plusieurs générations de Frontenac avaient vécu. Il gravissait le perron arrondi, ses pas résonnaient sur les dalles, il reniflait l'odeur que l'humidité de l'hiver dégage des anciennes cretonnes. Bien que ses parents eussent à peine survécu à leur fils aîné, la maison était demeurée ouverte. Le jardinier occupait toujours l'un des logements du jardin. Un cocher, une cuisinière, une femme de chambre demeuraient au service de tante Félicia, sœur cadette du père Frontenac, idiote depuis sa naissance (le médecin s'était, disait-on, servi du forceps avec trop de vigueur). Xavier se mettait d'abord en quête de sa tante qui, à la belle saison, tournait sous la marquise, et l'hiver somnolait au coin du feu de la cuisine. Il ne s'effrayait ni des yeux révulsés dont n'apparaissait que le blanc veinulé, entre les paupières en sang, ni de la bouche tordue, ni, autour du menton, de l'étrange barbe adolescente. Il la baisait au front avec un tendre respect, car ce monstre s'appelait Félicia Frontenac. C'était une Frontenac, la propre sœur de son père, la survivante. Et quand sonnait la cloche pour le dîner, il allait vers l'idiote, et, lui ayant pris le bras, la conduisait à la salle à manger, l'installait en face de lui, nouait autour de son cou une serviette. Voyait-il la nourriture qui retombait de cette bouche horrible ? Entendait-il ces éructations ? Le repas achevé, il l'emmenait avec le même cérémonial et la remettait entre les mains de la vieille Jeannette.

Puis Xavier gagnait, dans le pavillon qui ouvrait sur la rivière et sur les coteaux, l'immense chambre où Michel et lui avaient vécu pendant des années. L'hiver, on y entretenait du feu depuis le matin. A la belle saison, les deux fenêtres étaient ouvertes et il regardait les vignes, les prairies. Un rossignol s'interrompait dans le catalpa où il y avait toujours eu des rossignols... Michel, adolescent, se levait pour les écouter. Xavier revoyait cette longue forme blanche penchée sur le jardin. Il lui criait, à demi endormi : « Recouche-toi, Michel, ce n'est pas raisonnable, tu vas prendre froid. » Pendant très peu de jours et de nuits, la vigne en fleurs sentait le réséda... Xavier ouvre un livre de Balzac, veut conjurer le fantôme. Le livre lui glisse des mains, il pense à Michel et il pleure.

Le matin, dès huit heures, la voiture l'attendait et, jusqu'au soir, il visitait les propriétés de ses neveux. Il allait de Cernès, dans la palu, où l'on récolte le gros vin, à Respide, aux abords de Sainte-Croix-du-Mont, où il réussissait aussi bien qu'à Sauternes ; puis du côté de Couamères, sur la route de Casteljaloux : là, les troupeaux de vaches ne rapportaient que des déboires.

Partout il fallait mener des enquêtes, étudier les carnets de comptes, éventer les ruses et les traquenards des paysans qui eussent été les plus forts sans les lettres anonymes que Xavier Frontenac trouvait, chaque semaine dans son courrier. Ayant ainsi défendu les intérêts des enfants, il rentrait si las qu'il se mettait au lit après un dîner rapide. Il croyait avoir sommeil et le sommeil ne venait pas : c'était le feu mourant qui se réveillait soudain, et illuminait le plancher et l'acajou des fauteuils – ou, au printemps, le rossignol que l'ombre de Michel écoutait.

Le lendemain matin, qui était dimanche, Xavier se levait tard, passait une chemise empesée, un pantalon rayé, une jaquette de drap ou d'alpaga, chaussait des bottines à boutons allongées et pointues, se coiffait d'un melon ou d'un canotier, descendait au cimetière. Le gardien saluait Xavier, d'aussi loin qu'il l'apercevait. Tout ce qu'il pouvait pour ses morts, Xavier l'accomplissait, en leur assurant, par de continuels pourboires, la faveur de cet homme. Parfois, ses bottines pointues enfonçaient dans la boue ; parfois elles se couvraient de cendre ; des taupes crevaient la terre bénite. Le Frontenac vivant se découvrait devant les Frontenac retournés en poussière. Il était là, n'ayant rien à dire ni à faire – pareil à la plupart de ses contemporains, des plus illustres aux plus obscurs, emmuré dans son matérialisme, dans son déterminisme, prisonnier d'un univers infiniment plus borné que celui d'Aristote. Et pourtant il demeurait là, son chapeau melon dans la main gauche ; et de la droite, pour se donner une contenance devant la mort, il coupait les « gourmands » des rosiers vivaces.

L'après-midi, l'express de cinq heures l'emportait vers Bordeaux. Après avoir acheté des pâtisseries et des bonbons, il sonnait chez sa belle-sœur. On courait dans le corridor. Les enfants criaient : « C'est l'oncle Xavier ! » De petites mains se disputaient le verrou de la porte. Ils se jetaient dans ses jambes, lui arrachaient ses paquets.

« Je vous demande pardon, Xavier, reprenait Blanche Frontenac qui avait de « bons retours ». Il faut m'excuser, je ne tiens pas toujours mes nerfs... Vous n'avez pas besoin de me rappeler quel oncle vous êtes pour mes petits... »

Comme toujours, il parut ne pas l'entendre, ou plutôt n'attacher aucune importance à ses propos. Il allait et venait dans la chambre, ses deux mains relevaient les pans de sa jaquette. L'œil rond et anxieux, il murmura seulement : « qu'on ne faisait rien si l'on ne faisait pas tout... ». Blanche eut de nouveau la certitude que tout à l'heure, elle l'avait atteint au plus profond. Elle essaya encore de le rassurer : ce n'était nullement son devoir, lui répétait-elle, que d'habiter Bordeaux, s'il préférait Angoulême, ni que de vendre des bois merrains s'il avait du goût pour la procédure. Elle ajouta :

« Je sais bien que votre petite étude ne vous occupe guère... »

Il la regarda de nouveau avec angoisse, comme s'il avait craint d'être percé à jour ; et elle s'efforçait encore de le persuader, sans rien obtenir de lui qu'une attention simulée. Elle eût été si heureuse qu'il se confiât mais c'était un mur. Même du passé, il ne s'entretenait jamais avec sa belle-sœur, ni surtout de Michel. Il avait ses souvenirs à lui, qui n'appartenaient qu'à lui. Cette mère, gardienne des derniers Frontenac, et qu'il vénérait à ce titre, demeurait pour lui une demoiselle Arnaud-Miqueu, une personne accomplie, mais venue du dehors. Elle se tut, déçue, et de nouveau irritée. N'irait-il pas se coucher bientôt ? Il s'était rassis, les coudes contre ses maigres cuisses, et tisonnait comme s'il eût été seul.

« A propos, dit-il soudain, Jeannette réclame un coupon d'étoffe : tante Félicia a besoin d'une robe pour la demi-saison.

– Ah ! dit Blanche, tante Félicia ! » Et poussée par elle ne savait quel démon :

« Il faudra que nous ayons, à son sujet, une conversation sérieuse. »

Enfin, elle l'obligeait à être attentif ! Les yeux ronds se fixèrent sur les siens. Quel lièvre allait-elle encore lever, cette femme ombrageuse, toujours prête à l'attaque ?

« Avouez que cela n'a pas le sens commun de payer trois domestiques et un jardinier pour le service d'une pauvre démente qui serait tellement mieux soignée, et surtout mieux surveillée, à l'hospice...

– Tante Félicia, à l'hospice ? »

Elle avait réussi à le mettre hors de lui. Les couperoses de ses joues passèrent du rouge au violet.

« Moi vivant, cria-t-il d'une voix aiguë, tante Félicia ne quittera pas la maison de famille. Jamais la volonté de mon père ne sera violée. Il ne s'est jamais séparé de sa sœur...

– Allons donc ! il partait, le lundi, de Preignac pour ses affaires et ne quittait Bordeaux que le samedi soir. Votre pauvre mère, toute seule, devait supporter tante Félicia.

– Elle le faisait avec joie... Vous ne connaissez pas les usages de ma famille... elle ne se posait même pas la question... C'était la sœur de son mari...

– Vous le croyez... mais à moi elle a fait ses confidences, la pauvre femme ; elle m'a parlé de ces années de solitude en tête-à-tête avec une idiote... »

Furieux, Xavier cria :

« Je ne croirai jamais qu'elle se soit plainte, et surtout qu'elle se soit plainte à vous.

– C'est que ma belle-mère m'avait adoptée, elle m'aimait et ne me considérait pas comme une étrangère.

– Laissons là mes parents, voulez-vous ? coupa-t-il sèchement. Chez les Frontenac, on n'a jamais fait intervenir la question d'argent lorsqu'il s'agissait d'un devoir de famille. Si vous trouvez excessif de payer la moitié des frais pour la maison de Preignac, je consens à me charger de tout. Vous oubliez d'ailleurs que tante Félicia avait des droits sur l'héritage de mon grand-père, dont mes parents n'ont jamais tenu compte au cours des partages. Mon pauvre père ne s'est jamais inquiété de la loi. »

Blanche, piquée au vif, n'essaya plus de retenir ce qu'elle tenait en réserve depuis le commencement de la dispute :

« Bien que je ne sois pas une Frontenac, j'estime que mes enfants doivent contribuer pour leur part à l'entretien de leur grand-tante et même lui assurer ce train de vie ridiculement coûteux et dont elle est incapable de jouir. J'y consens, puisque c'est votre fantaisie. Mais ce que je n'admettrai jamais, ajouta-t-elle en élevant la voix, c'est qu'ils deviennent les victimes de cette fantaisie, c'est qu'à cause de vous, leur bonheur soit compromis... »

Elle s'arrêta pour ménager son effet ; il ne voyait pas où elle voulait en venir.

« Ne craignez-vous pas qu'on fasse des réflexions sur cette idiote, ni qu'on la croie folle ?

– Allons donc ! tout le monde sait que la pauvre femme a eu le crâne défoncé par les fers.

– Tout le monde le savait à Preignac, entre 1840 et 1860. Mais si vous vous imaginez que les générations actuelles remontent si haut... Non, mon cher. Ayez le courage de regarder en face votre responsabilité. Vous tenez à ce que tante Félicia habite le château de ses pères, dont elle ne quitte d'ailleurs pas la cuisine, servie par trois domestiques que personne ne surveille et qui peut-être la font souffrir... Mais cela sera payé par les enfants de votre frère, lorsqu'au moment de se marier, ils verront se fermer toutes les portes... »

Elle tenait bien sa victoire, et déjà s'en effrayait. Xavier Frontenac parut atterré. Certes, Blanche n'avait pas joué l'inquiétude. Depuis longtemps, elle pensait au danger que tante Félicia faisait courir aux enfants. Mais le péril était dans le futur, elle avait exagéré... Avec son habituelle bonne foi, Xavier lui rendait les armes :

« Je n'y avais jamais songé, soupira-t-il. Ma pauvre Blanche, je ne pense jamais à rien quand il s'agit des enfants. »

Il tournait dans la chambre, traînait les talons, les genoux un peu fléchis. La colère de Blanche tomba d'un coup et déjà elle se reprochait sa victoire. Elle protesta que tout pouvait sc réparer encore. A Bordeaux, on ignorait l'existence de tante Félicia qui ne vivrait pas éternellement et dont le souvenir s'effacerait vite. Et comme Xavier demeurait sombre, elle ajouta :

« D'ailleurs, beaucoup croient qu'elle est tombée en enfance : c'est l'opinion la plus répandue. Je doute qu'elle ait jamais passé pour folle ; mais ça pourrait venir... Il s'agit de parer à un danger possible... Ne vous mettez pas dans cet état, mon pauvre ami. Vous savez que je m'emballe, que je grossis tout... C'est ma nature. »

Elle entendit le souffle court de Xavier. Son père et sa mère, songeait-elle, étaient morts d'une maladie de cœur. « Je pourrais le tuer. » Il s'était rassis au coin du feu, le corps tassé. Elle se recueillit, ferma les yeux : deux longues paupières bistrées adoucirent ce visage amer. Xavier ne se doutait pas qu'à côté de lui, cette femme s'humiliait, se désolait de ne pouvoir se vaincre. La voix confuse d'un enfant qui rêvait s'éleva dans l'appartement silencieux. Xavier dit que c'était l'heure d'aller dormir, qu'il réfléchirait à leur conversation de ce soir. Elle l'assura qu'ils avaient tout le temps pour prendre une décision.

« Non, nous devons faire vite : il s'agit des enfants.

– Vous vous donnez trop de souci, dit-elle avec élan. Malgré tout ce que je vous reproche, il n'existe pas deux oncles au monde qui vous vaillent... »

Il fit un geste qui signifiait peut-être : « Vous ne savez pas... » Oui, il se reprochait quelque chose, elle ne pouvait imaginer quoi.

Quelques minutes plus tard, agenouillée pour sa prière du soir, elle ramenait en vain sa pensée aux oraisons familières. A la prochaine visite de Xavier, elle tâcherait d'en apprendre un peu plus long ; ce serait difficile, car il ne se livrait guère, à elle moins qu'à personne. Impossible de se recueillir, et pourtant il eût été grand temps de dormir ; car elle se levait, le lendemain, à six heures, pour faire travailler José, son cadet, toujours et en tout le dernier de sa classe, comme Jean-Louis en était le premier... Intelligent et fin autant que les deux autres, ce José, mais étonnamment doué pour se dérober, pour ne pas entendre – un de ces enfants que les mots n'atteignent pas, qui ont le génie de l'absence. Ils livrent aux grandes personnes un corps inerte, appesanti sur les livres de classe déchirés, sur des cahiers pleins de taches. Mais leur esprit agile court bien loin de là, dans les hautes herbes de la Pentecôte, au bord du ruisseau, à la recherche des écrevisses. Blanche savait que pendant trois quarts d'heure, elle se battrait en vain contre ce petit garçon somnolent, aussi dénué d'attention, aussi vidé de pensée et même de vie qu'une chrysalide abandonnée.

Les enfants partis, déjeunerait-elle ? Oui, elle déjeunerait : inutile de rester à jeun... Après sa conduite de ce soir à l'égard de son beau-frère, comment eût-elle osé communier ? Il fallait passer à la Société Générale. Elle avait un rendez-vous avec l'architecte pour l'immeuble de la rue Sainte-Catherine. Trouver le temps d'aller voir ses pauvres. Chez Potin, faire un envoi d'épicerie aux Repenties. « J'aime cette œuvre de la Miséricorde... » Le soir, après dîner, les enfants couchés, elle descendrait chez sa mère. Sa sœur serait là avec son mari. Peut-être tante Adila, ou l'abbé Mellon, le premier vicaire... Des femmes qui sont aimées... Elle n'a pas eu à choisir... Avec tous ses enfants, elle eût été épousée pour sa fortune... Non, non, elle savait bien qu'elle plaisait encore... Ne pas penser à ces incidents. Peut-être avait-elle commencé à y penser ? Surtout, pas de scrupules. Il ne lui appartenait pas de frustrer ses petits de la moindre part d'elle-même ; aucun mérite, elle était faite comme cela... Cette persuasion qu'ils paieraient dans leur chair tout ce qu'elle pourrait accomplir de mal... Elle savait que cela ne reposait sur rien. Condamnée à perpétuité à ses enfants. Elle en souffrait. « Une femme finie... je suis une femme finie... » Elle appuya ses mains sur ses yeux, les fit glisser le long des joues. « Songer à passer chez le dentiste... »

Une voix appelait : encore Yves ! Elle alla à pas de loup jusqu'à sa chambre. Il dormait d'un sommeil agité, il avait rejeté ses couvertures. Une jambe squelettique et brune pendait hors du lit. Elle le recouvrit, le borda, tandis qu'il se retournait vers le mur en marmonnant des plaintes confuses. Elle lui toucha le front et le cou pour voir s'il était chaud.

III

TOUS les quinze jours, le dimanche, oncle Xavier reparut sans que sa belle-sœur pût avancer d'un pas dans la découverte du secret. Il revenait pour les enfants, comme le congé du premier jeudi du mois, comme la communion hebdomadaire, comme la composition et la lecture des notes du vendredi ; il était une constellation de ce ciel enfantin, de cette mécanique si bien réglée, que rien d'insolite, semblait-il, n'y aurait trouvé de place. Blanche aurait cru qu'elle avait rêvé si les silences de l'oncle, son air absorbé, ses allées et venues, le regard perdu, si sa face ronde plissée par l'idée fixe, ne lui eussent rappelé l'époque où elle-même avait subi une crise de scrupules. Oui, cette chrétienne retrouvait, dans cet indifférent, les signes du mal dont le père de Nole l'avait guérie. Elle s'y connaissait, elle aurait voulu le rassurer. Mais il ne donnait aucune prise. Du moins avait-elle obtenu, par une grâce qu'elle sentait toute gratuite, de ne plus s'irriter, de lui chercher moins souvent querelle. S'apercevait-il seulement des efforts de Blanche ? Elle, naguère si jalouse de son autorité, lui demandait conseil pour tout ce qui concernait les enfants. Etait-il d'avis qu'elle achetât un cheval de selle à Jean-Louis, qui était le meilleur cavalier du collège ? Fallait-il obliger Yves à suivre les cours d'équitation, malgré la terreur qu'il en avait ? Obtiendrait-on de meilleurs résultats en mettant José pensionnaire ?

Il n'était plus besoin d'allumer le feu, ni même la lampe. Seul demeurait sombre le corridor où, quelques minutes avant le dîner, Blanche se promenait en récitant son chapelet, et Yves la suivait, soutenant des deux doigts sa robe, tout livré à un rêve de magnificence dont il n'ouvrait à personne l'accès. Des martinets criaient. On ne s'entendait pas, à cause du tram à chevaux du cours d'Alsace. Les sirènes du port le rendaient plus proche. Blanche disait qu'avec la chaleur les enfants devenaient idiots. Ils inventaient des jeux stupides, comme de rester à la salle à manger après le dessert, de se mettre sur la tête leurs serviettes de table, puis de s'enfermer dans un réduit obscur et de frotter leur nez l'un contre l'autre : ce qu'ils appelaient jouer à « la communauté ».

Un samedi de juin, comme Blanche ne songeait plus au secret de l'oncle Xavier, il lui fut soudain livré, et la lumière lui vint d'où elle ne l'eût jamais attendue. Les enfants couchés, elle était descendue comme de coutume chez sa mère. Après avoir traversé la salle à manger où la table n'était pas encore desservie et qui sentait la fraise, elle avait poussé la porte du petit salon. Mme Arnaud-Miqueu emplissait tout entier un fauteuil de cuir. Elle avait attiré sa fille, l'avait embrassée, à sa manière, presque goulûment. Sur le balcon, Blanche aperçut son beau-frère et sa sœur Caussade et la vaste tournure de la tante Adila, belle-sœur de Mme Arnaud-Miqueu. Ils riaient, le verbe haut, et eussent été entendus de tout le voisinage, si, à l'entour, chacun n'avait aussi crié à tue-tête. Dans la rue, un groupe de garçons chantaient le refrain :

> Et l'enfant disait au soldat :
> « Sentinelle, ne tirez pas ! *(bis)*
> C'est un oiseau qui vient de France. »

La tante Adila l'aperçut.

« C'est Blanche ! Hé ! adieu, ma mignonne. »

Caussade cria, pour couvrir le bruit du tramway :

« Je vous attendais... j'en ai une bien bonne... Tenez-vous bien ! Devinez.

– Allons, Alfred, intervint sa femme, elle donne sa langue au chat.

– Eh bien, ma chère, je plaidais hier à Angoulême et j'y ai appris que M. Xavier Frontenac, au vu et au su de toute la ville, entretenait une petite dame... Hein ? que pensez-vous de ça ? »

Sa femme l'interrompit : il allait effrayer Blanche, lui monter la tête...

« Ah ! pour cela non, rassurez-vous : il ne ruine pas ses neveux ; il paraît que la pauvre petite ne fait pas gras tous les jours... »

Blanche le coupa d'un ton sec : elle était fort tranquille sur ce point. D'ailleurs, la vie privée de Xavier Frontenac ne regardait personne ici.

« Je te l'avais dit, la voilà qui s'emballe.

– Elle aime bien le houspiller, mais ne permet pas que les autres y touchent. »

Blanche protesta qu'elle ne s'emballait pas. Puisque, pour son malheur, Xavier n'avait aucune croyance, elle ne voyait pas ce qui, humainement, aurait pu le retenir. Les voix baissèrent d'un ton. Alfred Caussade raconta, pour tranquilliser sa belle-sœur, que Xavier Frontenac était légendaire à Angoulême, que sa ladrerie à l'égard de son amie le rendait ridicule. Blanche pouvait dormir tranquille. Il obligeait la malheureuse à ne pas quitter son métier de lingère en chambre. Il l'avait chichement meublée, payait son loyer, et c'était tout. On en faisait des gorges chaudes... Alfred s'arrêta, déconcerté : Blanche, qui ne redoutait pas les coups de théâtre, après avoir plié son ouvrage, venait de se lever. Elle embrassa Mme Arnaud-Miqueu et prit congé, sans un mot, de sa famille déconfite. L'esprit Frontenac l'avait envahie tout entière. Elle en était secouée comme une Pythie et quand elle fut à son étage, sa main tremblante ne pouvait introduire la clef dans la serrure.

Comme elle rentrait deux heures plus tôt que d'habitude, il faisait jour encore et elle trouva dans sa chambre les trois garçons en chemise de nuit, accroupis devant le rebord de la fenêtre et qui jouaient à cracher sur la pierre et à la frotter avec un noyau d'abricot : il s'agissait d'user le noyau des deux côtés jusqu'à ce qu'on pût le percer. Après quoi, on enlevait l'amande avec une aiguille. Ainsi les plus patients obtenaient-ils un sifflet qui, d'ailleurs, ne sifflait pas et qu'ils finissaient toujours par avaler. Les garçons furent stupéfaits d'être à peine grondés et détalèrent comme des lapins. Blanche Frontenac pensait à Xavier : bien qu'elle s'en défendît, il lui paraissait plus humain, plus accessible. Elle le verrait, le lendemain soir : c'était son dimanche de passage. Elle l'imagine, à cette heure, seul dans la grande maison morte de Preignac...

Ce même soir, Xavier Frontenac s'était d'abord

assis sous la marquise ; mais il avait eu trop chaud dans les vignes et il eut peur de prendre mal. Il erra un instant dans le vestibule, puis se décida à monter. Plus que les nuits pluvieuses d'hiver où le feu lui tenait compagnie et l'incitait à la lecture, il redoutait ces soirs de juin, « les soirs de Michel ». Autrefois, Xavier se moquait de Michel à cause de sa manie de citer, à tout propos, des vers de Hugo. Xavier, lui, détestait les vers. Mais maintenant, quelques-uns lui revenaient qui avaient gardé l'inflexion de la voix chérie. Il fallait qu'il les retrouvât pour retrouver l'intonation sourde et monotone de son frère. Ainsi, ce soir-là, près de la fenêtre ouverte du côté de la rivière invisible, de même qu'il eût cherché une note, un accord, Xavier récitait sur des tons différents : *Nature au front serein, comme vous oubliez !* Les prairies étaient stridentes, il y avait toujours eu ces coassements, ces abois, ces rires. Et l'avoué d'Angoulême, appuyé à la fenêtre, répétait, comme si quelqu'un lui eût soufflé chaque mot : *A peine un char lointain glisse dans l'ombre, écoute... Tout dort et se repose et l'arbre de la route... Secoue au vent du soir la poussière du jour...*

Il tourna le dos à la fenêtre, alluma un cigare de trois sous, et selon sa coutume, il traînait les pieds à travers la pièce, le bas de son pantalon pris entre la cheville et la pantoufle. Il trahissait Michel dans ses enfants, se répétait-il, ressassant ses vieux remords. L'année où il achevait son doctorat en droit à Bordeaux, il avait connu cette fille déjà défraîchie, à peine moins âgée que lui, dont il subissait le pouvoir sans en chercher la raison. Il aurait fallu entrer dans le mystère de ses timidités, de ses phobies, de ses insuffisances, de ses obsessions d'anxieux. Bonne femme, maternelle, qui ne se moquait pas : tel était, peut-être, le secret de sa puissance.

Même du vivant de Michel, Xavier n'avait pas pris légèrement cette situation irrégulière. Chez les Frontenac, un certain rigorisme était de tradition, non d'essence religieuse mais républicaine et paysanne. Le grand-père ni le père de Xavier ne pouvaient souffrir le moindre propos graveleux ; et le faux ménage de l'oncle Péloueyre, ce vieux garçon, frère de Mme Frontenac, dont la famille avait hérité Bourideys, le domaine landais, avait été le scandale de la famille. On racontait qu'il recevait chez lui, dans la maison de Bourideys, où ses parents étaient morts, cette créature et qu'elle osait se montrer, à onze heures du matin, sur le pas de la porte, en peignoir rose, les pieds nus dans ses pantoufles, et la tresse dans le dos. L'oncle Péloueyre mourut à Bordeaux, chez cette fille, alors qu'il y était venu pour faire un testament en sa faveur. Xavier avait horreur de penser qu'il marchait sur les mêmes traces et que, sans l'avoir voulu, il reprenait cette tradition de vieux garçon dévergondé. Ah ! du moins que la famille ne le sache pas, qu'elle ne découvre pas cette honte ! La crainte qu'il en avait lui inspira d'acheter une étude non loin de Bordeaux : il avait cru que le silence d'Angoulême se refermerait sur sa vie privée.

A la mort de Michel, la famille ne lui laissa pas le temps de cuver sa douleur. Ses parents qui vivaient encore, Blanche, le tirèrent de son hébétude pour lui notifier ce que la famille avait décidé : « il allait de soi » qu'il devait vendre l'étude, quitter Angoulême, pour venir occuper à Bordeaux, dans la maison de bois merrains, la place laissée vide par Michel. Xavier protestait en vain qu'il n'entendait rien aux affaires ; on lui assurait qu'il aurait l'appui d'Arthur Dussol, leur associé. Mais il se débattait furieusement : renoncer à Joséfa ? c'était au-dessus de ses forces. L'installer à Bordeaux ? Le faux ménage serait en huit jours découvert. Il rencontrerait Blanche, les enfants, avec cette femme à son bras... Cette seule image le faisait pâlir. Plus que jamais, maintenant qu'il était devenu le tuteur de ses neveux, il importait de dissimuler, de recouvrir cette honte. Après tout, l'intérêt des enfants ne semblait en rien menacé par la gestion de Dussol, les Frontenac gardant la majorité des actions. Cela seul importait aux yeux de Xavier : que rien ne transpirât de sa vie privée. Il tint bon, il résista pour la première fois à la volonté de son père déjà touché à mort.

Les affaires enfin réglées, Xavier n'avait pas retrouvé le calme. Il ne put se livrer paisiblement à son chagrin ; un remords le rongeait, – le même qui, ce soir, le fait tourner en rond dans la chambre de son enfance, entre son lit et le lit où il imagine toujours Michel étendu. Le patrimoine devait revenir aux enfants de Michel, c'était voler les Frontenac, estimait-il, que d'en distraire un sou. Or, il avait promis à Joséfa de placer en son nom, pendant dix années, à chaque premier janvier, une somme de dix mille francs ; après quoi, il était entendu qu'elle ne devait rien attendre de Xavier, – sauf, tant qu'il vivrait, le loyer et une mensualité de trois cents francs. En se privant de tout (son avarice amusait Angoulême) Xavier économisait vingt-cinq mille francs par an ; mais, sur cette somme, quinze mille francs seulement allaient à ses neveux. Il les volait de dix billets, se répétait-il, sans compter tout ce qu'il dépensait pour Joséfa. Sans doute leur avait-il fait abandon de sa part dans les propriétés, et chacun peut disposer de ses revenus à sa fantaisie. Mais il connaissait une loi secrète, une loi obscure, une loi Frontenac qui seule avait puissance sur lui. Vieux garçon dépositaire du patrimoine, il le gérait pour le compte de ces petits êtres sacrés, nés de Michel, qui s'étaient partagé les traits de Michel, – et Jean-Louis avait pris ses yeux sombres, et Danièle avait ce même signe noir près de l'oreille gauche, et Yves cette paupière tombante.

Parfois il endormait son remords et, pendant des semaines, n'y songeait plus. Mais ce qui ne le quittait jamais, c'était le souci de se cacher. Il voulait mourir avant que sa famille eût soupçonné le concubinage. Il ne se doutait pas, ce soir-là, qu'à la même heure, dans le grand lit à colonnes où son frère avait expiré, Blanche, les yeux ouverts, au sein de cette ombre étouffante des nuits bordelaises, pensait à lui et se forgeait à son propos le plus étrange devoir : les enfants dussent-ils y perdre une fortune, elle pousserait son beau-frère au mariage. Ne rien faire qui pût détourner Xavier de régulariser sa situation n'était pas suffisant ; il fallait l'y inciter par tous les moyens. Oui, c'était héroïque ! Mais justement... Dès demain, elle s'efforcerait d'amener la conversation sur ce sujet brûlant, elle amorcerait une offensive.

Il ne s'y prêta guère. Pendant le dîner, Blanche avait profité d'une réflexion de Jean-Louis, pour affirmer qu'oncle Xavier pouvait encore fonder un foyer, avoir des enfants : « J'espère bien qu'il n'y a pas renoncé... » Il ne vit là qu'une boutade, entra dans le jeu, et avec une certaine verve qu'il avait parfois, décrivit sa fiancée imaginaire, à la grande joie des petits.

Lorsqu'ils furent couchés, comme le beau-frère

et la belle-sœur étaient accoudés à la fenêtre, elle fit un grand effort :

« Je parlais sérieusement, Xavier, et je veux que vous le sachiez : je serais heureuse, sans aucune arrière-pensée, le jour où j'apprendrais que vous vous êtes décidé au mariage, aussi tardivement que ce fût... »

Il répondit d'un ton sec, et qui coupait court au débat, qu'il ne se marierait jamais. D'ailleurs cette réflexion de sa belle-sœur n'éveilla en rien sa méfiance ; car l'idée d'un mariage avec Joséfa n'aurait pu même traverser son esprit. Donner le nom de Frontenac à une femme de rien, qui avait roulé, l'introduire dans la maison de ses parents ; et surtout la présenter à la femme de Michel, aux enfants de Michel, de tels sacrilèges n'étaient pas concevables. Aussi ne crut-il pas une seconde que Blanche avait éventé son secret. Il quitta la fenêtre, agacé, mais nullement inquiet, et demanda la permission de se retirer dans sa chambre.

IV

La lente vie de l'enfance coulait, qui semble ne laisser aucune place à l'accident, au hasard. Chaque heure débordait de travail amenait le goûter, l'étude, le retour en omnibus, l'escalier monté quatre à quatre, l'odeur du dîner, maman, *L'Ile mystérieuse,* le sommeil. La maladie même (faux croup d'Yves, fièvre muqueuse de José, scarlatine de Danièle) prenait sa place, s'ordonnait avec le reste, comportait plus de joies que de peines, faisait date, servait de repère au souvenir : « l'année de ta fièvre muqueuse... ». Les vacances successives s'ouvraient sur les colonnes profondes des pins à Bourideys, dans la maison purifiée de l'oncle Péloueyre. Etaient-ce les mêmes cigales que l'année dernière ? Des propriétés de vigne, de Respide, arrivaient les paniers de reines-claudes et de pêches. Rien de changé, sauf les pantalons de Jean-Louis et de José qui allongèrent. Blanche Frontenac, si maigre naguère, devenait épaisse, s'inquiétait de sa santé, croyait avoir un cancer et, ravagée par cette angoisse, pensait au sort de ses enfants lorsqu'elle aurait disparu. C'était elle qui, maintenant, prenait Yves dans ses bras et lui qui, parfois, résistait. Elle avait beaucoup de potions à boire avant et après les repas, sans interrompre, à aucun moment, le dressage de Danièle et de Marie. Les petites détenaient déjà de fortes jambes et une croupe basse et large qui ne changeraient plus. Deux ponettes déjà équipées et qui trompaient leur faim sur les enfants des laveuses et des femmes de journée.

Cette année-là, les fêtes de Pâques furent si précoces que dès la fin de mars elles ramenèrent à Bourideys les enfants Frontenac. Le printemps était dans l'air mais demeurait invisible. Sous les feuilles du vieil été, les chênes paraissaient frappés de mort. Le coucou appelait au-delà des prairies. Jean-Louis, le « calibre 24 » sur l'épaule, croyait chasser les écureuils, et c'était le printemps qu'il cherchait. Le printemps rôdait dans ce faux jour d'hiver comme un être qu'on sent tout proche et qu'on ne voit pas. Le garçon croyait respirer son haleine et, tout à coup, plus rien : il faisait froid. La lumière de quatre heures, un bref instant, caressait les troncs, les écorces des pins luisaient comme des écailles, leurs blessures gluantes captaient le soleil déclinant. Puis, soudain, tout s'éteignait ; le vent d'ouest poussait des nuages lourds qui rasaient les cimes, et il arrachait à cette foule sombre une longue plainte.

Comme il approchait des prairies que la Hure arrose, Jean-Louis surprit enfin le printemps : ramassé le long du ruisseau, dans l'herbe déjà épaisse, ruisselant des bourgeons gluants et un peu dépliés des vergnes. L'adolescent se pencha sur le ruisseau pour voir les longues chevelures vivantes des mousses. Des chevelures... les visages devaient être enfouis, depuis le commencement du monde, dans le sable ridé par le courant des douces eaux. Le soleil reparut. Jean-Louis s'appuya contre un vergne et tira de sa poche le *Discours de la Méthode* dans une édition scolaire, et il ne vit plus le printemps pendant dix minutes.

Il fut distrait par la vue de cette barrière démolie : un obstacle qu'il avait fait établir en août pour exercer sa jument Tempête. Il fallait dire à Burthe de la réparer. Il monterait demain matin... Il irait à Léojats, il verrait Madeleine Cazavieilh... Le vent tournait à l'est et apportait l'odeur du village : térébenthine, pain chaud, fumées des feux où se préparaient d'humbles repas. L'odeur du village était l'odeur du beau temps et elle remplit le garçon de joie. Il marchait dans l'herbe déjà trempée. Des primevères luisaient sur le talus qui ferme la prairie à l'ouest. Le jeune homme le franchit, longea une lande récemment rasée, et redescendit vers le bois de chênes que traverse la Hure avant d'atteindre le moulin ; et soudain il s'arrêta et retint un éclat de rire : sur la souche d'un pin, un étrange petit moine encapuchonné était assis, et psalmodiait à mi-voix, un cahier d'écolier dans sa main droite. C'était Yves qui avait rabattu sur sa tête son capuchon et se tenait le buste raide, mystérieux, assuré d'être seul et comme servi par les anges. Jean-Louis n'avait plus envie de rire parce que c'est toujours effrayant d'observer quelqu'un qui croit n'être vu de personne. Il avait peur comme s'il eût surpris un mystère défendu. Son premier mouvement fut donc de s'éloigner et de laisser le petit frère à ses incantations. Mais le goût de taquiner, tout-puissant à cet âge, le reprit et lui inspira de se glisser vers l'innocent que le capuchon rabattu rendait sourd. Il se dissimula derrière un chêne, à un jet de pierre de la souche où Yves trônait, sans pouvoir saisir le sens de ses paroles que le vent d'est emportait. D'un bond, il fut sur sa victime, et avant que le petit ait poussé un cri, il lui avait arraché le cahier, filait à toutes jambes vers le parc.

Ce que nous faisons aux autres, nous ne le mesurons jamais. Jean-Louis se fût affolé s'il avait vu l'expression de son petit frère pétrifié au milieu de la lande. Le désespoir le jeta soudain par terre, et il appuyait sa face contre le sable pour étouffer ses cris. Ce qu'il écrivait à l'insu des autres, ce qui n'appartenait qu'à lui, ce qui demeurait un secret entre Dieu et lui, livré à leurs risées, à leurs moqueries... Il se mit à courir dans la direction du moulin. Pensait-il à l'écluse où, naguère, un enfant s'était noyé ? Plutôt songeait-il, comme il l'avait fait souvent, à courir droit devant lui, à ne plus jamais rentrer chez les siens. Mais il perdait le souffle. Il n'avançait plus que lentement à cause du sable dans ses souliers et parce qu'un pieux enfant est toujours porté par les anges : « ... parce que le Très-Haut a commandé à ses anges à ton sujet de te garder dans toutes tes voies. Ils te porteront dans leurs mains de peur que ton pied ne heurte contre une pierre... » Soudain une pensée consolante lui était venue : personne au monde, pas même Jean-Louis, ne déchiffrerait son écriture secrète, pire que celle dont il usait au collège. Et ce qu'ils en pourraient lire leur paraîtrait incompréhensible. C'était fou de se monter la tête : que pouvaient-ils entendre à cette langue dont lui-même n'avait pas toujours la clef ?

Le chemin de sable aboutit au pont, à l'entrée du moulin. L'haleine des prairies les cachait. Le vieux cœur du moulin battait encore dans le crépuscule. Un cheval ébouriffé passait sa tête à la fenêtre de l'écurie. Les pauvres maisons fumantes, au ras de terre, le ruisseau, les prairies, composaient une clairière de verdure, d'eau et de vie cachée que cernaient de toutes parts les plus vieux pins de la commune. Yves se faisait des idées : à cette heure-ci, le mystère du moulin ne devait pas être violé. Il revint sur ses pas. Le premier coup de cloche sonnait pour le dîner. Un cri sauvage de berger traversa le bois. Yves fut pris dans un flot de lainc sale, dans une odeur puissante de suint ; il entendait les agneaux sans les voir. Le berger ne répondit pas à son salut et il en eut le cœur serré.

Au tournant de l'allée du gros chêne, Jean-Louis le guettait, il avait le cahier à la main. Yves s'arrêta, indécis. Se fâcherait-il ? Le coucou chanta une dernière fois du côté d'Hourtinat. Ils étaient immobiles à quelques pas l'un de l'autre. Jean- Louis s'avança le premier et demanda :

« Tu n'es pas fâché ? »

Yves n'avait jamais résisté à une parole tendre, ni même à une intonation un peu plus douce qu'à l'ordinaire. Jean-Louis ne laissait pas d'être rude avec lui ; il grondait trop souvent « qu'il fallait le secouer », et surtout, ce qui exaspérait Yves : « Quand tu seras au régiment... » Mais ce soir, il répétait :

« Dis, tu n'es pas fâché ? »

L'enfant ne put répondre et mit un bras autour du cou de son aîné qui se dégagea, mais sans brusquerie.

« Eh bien, dit-il, tu sais, c'est très beau. »

L'enfant leva la tête et demanda ce qui était très beau.

« Ce que tu as écrit... c'est plus que très beau », ajouta-t-il avec ardeur.

Ils marchaient côte à côte dans l'allée encore claire, entre les pins noirs.

« Jean-Louis, tu te moques de moi, tu te paies ma tête ? »

Ils n'avaient pas entendu le second coup de cloche. Mme Frontenac s'avança sur le perron et cria :

« Enfants !

– Ecoute, Yves : nous ferons, ce soir, le tour du parc, tous les deux, je te parlerai. Tiens, prends ton cahier. »

A table, José, qui se tenait mal et mangeait voracement, répétait sa mère, et qui ne s'était pas lavé les mains, racontait sa course dans la lande avec Burthe : l'homme d'affaires dressait l'enfant à discerner les limites des propriétés. José n'avait d'autre ambition que de devenir « le paysan de la famille » ; mais il désespérait de savoir jamais retrouver les bornes. Burthe comptait les pins d'une rangée, écartait les ajoncs, creusait la terre et soudain la pierre enfouie apparaissait placée là depuis plusieurs siècles par les ancêtres bergers. Gardiennes du droit, ces pierres ensevelies mais toujours présentes, sans doute, inspiraient-elles à José un sentiment religieux, jailli des profondeurs de sa race. Yves oubliait de manger, regardait Jean-Louis à la dérobée et il songeait aussi à ces bornes mystérieuses : elles s'animaient dans son cœur, elles pénétraient dans le monde secret que sa poésie tirait des ténèbres.

Ils avaient essayé de sortir sans être vus. Mais leur mère les surprit :

« On sent l'humidité du ruisseau... Avez-vous au moins vos pèlerines ? Surtout, ne vous arrêtez pas. »

La lune n'était pas encore levée. Du ruisseau glacé et des prairies montait l'haleine de l'hiver. D'abord les deux garçons hésitèrent pour trouver l'allée, mais déjà leurs yeux s'accoutumaient à la nuit. Le jet sans défaut des pins rapprochait les étoiles : elles se posaient, elles nageaient dans ces flaques de ciel que délimitaient les cimes noires. Yves marchait, délivré d'il ne savait quoi, comme si en lui une pierre avait été descellée par son grand frère. Ce frère de dix-sept ans lui parlait en courtes phrases embarrassées. Il craignait, disait-il, de rendre Yves trop conscient. Il avait peur de troubler la source... Mais Yves le rassurait ; ça ne dépendait pas de lui, c'était comme une lave dont d'abord il ne se sentait pas maître. Ensuite, il travaillait beaucoup sur cette lave refroidie, enlevait, sans hésiter, les adjectifs, les menus gravats qui y demeuraient pris. La sécurité de l'enfant gagnait Jean-Louis. Quel était l'âge d'Yves ? Il venait d'entrer dans sa quinzième année... Le génie survivrait-il à l'enfance ?...

« Dis, Jean-Louis ? qu'est-ce que tu as le mieux aimé ? »

Question d'auteur : l'auteur venait de naître.

« Comment choisir ? J'aime bien lorsque les pins te dispensent de souffrir et qu'ils saignent à ta place, et que tu t'imagines, la nuit, qu'ils faiblissent et pleurent ; mais cette plainte ne vient pas d'eux : c'est le souffle de la mer entre leurs cimes pressées. Oh ! surtout le passage...

– Tiens, dit Yves, la lune... »

Ils ne savaient pas qu'un soir de mars, en 67 ou 68, Michel et Xavier Frontenac suivaient cette même allée. Xavier avait dit aussi : « la lune... » et Michel avait cité le vers : *Elle monte, elle jette un long rayon dormant...* La Hure coulait alors dans le même silence. Après plus de trente années, c'était une autre eau mais le même ruissellement ; et sous ces pins, un autre amour, le même amour.

« Faudra-t-il les montrer ? demandait Jean-

Louis. J'ai pensé à l'abbé Paquignon (son professeur de rhétorique qu'il admirait et vénérait). Mais même lui, j'ai peur qu'il ne comprenne pas : il dira que ce ne sont pas des vers et c'est vrai que ce ne sont pas des vers... Ça ne ressemble à rien de ce que j'ai jamais lu. On te troublera, tu chercheras à te corriger... Enfin, je vais y réfléchir. »

Yves s'abandonnait à un sentiment de confiance totale. Le témoignage de Jean-Louis lui suffisait ; il s'en rapportait au grand frère. Et soudain il eut honte parce qu'ils n'avaient parlé que de ses poèmes :

« Et toi, Jean-Louis ? Tu ne vas pas devenir marchand de bois ? tu ne te laisseras pas faire ?

— Je suis décidé : Normale... l'agrégation de philo... oui, décidément la philo... N'est-ce pas maman, dans l'allée ? »

Elle avait eu peur qu'Yves ne prît froid et lui apportait un manteau. Quand elle les eut rejoints :

« Je deviens lourde », dit-elle, et elle s'appuyait aux bras des deux garçons. « Tu es sûr que tu n'as pas toussé ? Jean-Louis, tu ne l'as pas entendu tousser ? »

Le bruit de leurs pas sur le perron réveilla les filles dans la chambre de la terrasse. La lampe du billard les éblouit et ils clignèrent des yeux.

Yves, en se déshabillant, regardait la lune au-dessus des pins immobiles et recueillis. Le rossignol ne chantait pas que son père écoutait, au même âge, penché sur le jardin de Preignac. Mais la chouette, sur cette branche morte, avait peut-être une voix plus pure.

V

YVES ne s'étonna pas, le lendemain, de voir son aîné prendre avec lui ses manières habituelles, un peu bourrues, comme s'il n'y avait eu entre eux aucun secret. Ce qui lui apparaissait étrange, c'était la scène de la veille ; car il suffit à des frères d'être unis par les racines comme deux surgeons d'une même souche, ils n'ont guère coutume de s'expliquer : c'est le plus muet des amours.

Le dernier jour des vacances, Jean-Louis obligea Yves à monter Tempête et, comme toujours, à peine la jument eut-elle senti sur ses flancs ces jambes craintives, qu'elle partit au galop. Yves, sans vergogne, se cramponna au pommeau. Jean-Louis coupa à travers les pins et demeura au milieu de l'allée, les bras étendus. La jument s'arrêta net, Yves décrivit une parabole et se retrouva assis sur le sable, tandis que son frère proclamait : « Tu ne seras jamais qu'une nouille. »

Ce n'était pas cela qui choquait l'enfant. Une chose, pourtant, sans qu'il se l'avouât, l'avait déçu : Jean-Louis continuait ses visites à Léojats, chez les cousins Cazavieilh. En famille et dans le village, chacun savait que pour Jean-Louis, tous les chemins de sable aboutissaient à Léojats. Des partages, autrefois, avaient brouillé les Cazavieilh et les Frontenac. A la mort de Mme Cazavieilh, ils s'étaient réconciliés ; mais, comme disait Blanche : « Entre eux, ça n'avait jamais été chaud, chaud... » Elle avait pourtant fait sortir, le premier jeudi du mois, Madeleine Cazavieilh qui comptait déjà parmi les grandes au Sacré-Cœur, lorsque Danièle et Marie étaient encore dans les petites classes.

Mme Frontenac cédait à la fois à l'inquiétude et à l'orgueil, quand Burthe disait : « M. Jean-Louis fréquente... » Des sentiments contraires l'agitaient : crainte de le voir s'engager si jeune, mais aussi attrait de ce que Madeleine toucherait à son mariage sur la succession de sa mère ; et surtout, Blanche espérait que ce garçon plein de force éviterait le mal, grâce à un sentiment pur et passionné.

Yves, lui, fut déçu, au lendemain de l'inoubliable soirée, dès qu'il comprit, à quelques mots de son frère, que celui-ci revenait de Léojats, comme si la découverte qu'il avait faite dans le cahier d'Yves eût dû le détourner de ce plaisir, comme si tout, désormais, aurait dû lui paraître fade... Yves se faisait de cet amour des représentations simples et précises ; il imaginait des regards de langueur, des baisers furtifs, des mains longuement pressées, toute une romance qu'il méprisait. Puisque Jean-Louis avait pénétré son secret, puisqu'il était entré dans ce monde merveilleux, qu'avait-il besoin de chercher ailleurs ?

Sans doute, les jeunes filles existaient déjà, aux yeux du petit Yves. A la grand-messe de Bourideys, il admirait les chanteuses au long cou dont un ruban noir soulignait la blancheur, et qui se groupaient autour de l'harmonium comme au bord d'une vasque et gonflaient leur gorge qu'on eût dit pleine de millet et de maïs. Et son cœur battait plus vite lorsque passait à cheval la fille d'un grand propriétaire, la petite Dubuch, à califourchon sur un poulain, et ses boucles sombres sautaient sur ses minces épaules. Auprès de cette sylphide, que Madeleine Cazavieilh paraissait épaisse ! Un gros nœud de ruban s'épanouissait sur ses cheveux relevés en « catogan » et qu'Yves comparait à un marteau de porte. Elle était presque toujours vêtue d'un boléro très court sous les aisselles, qui dégageait une taille rebondie, et d'une jupe serrée sur les fortes hanches et qui allait s'évasant. Quand Madeleine Cazavieilh croisait les jambes, on voyait qu'elle n'avait pas de chevilles. Quel attrait Jean-Louis découvrait-il dans cette fille lourde, à la face placide, où pas un muscle ne bougeait ?

Au vrai, Yves, sa mère, Burthe eussent été surpris, s'ils avaient assisté à ces visites, de ce qu'il ne s'y passait rien : on aurait dit que c'était Auguste Cazavieilh, et non Madeleine, que Jean-Louis venait voir. Ils avaient une passion commune : les chevaux, et tant que le vieux demeurait présent, la conversation ne chômait pas. Mais à la campagne, on n'est jamais tranquille, il y a toujours un métayer, un fournisseur qui demandent à parler à monsieur ; on ne peut condamner sa porte comme à la ville. Les deux enfants redoutaient la minute où le père Cazavieilh les laissait seuls. La placidité de Madeleine eût trompé tout le monde, sauf Jean-Louis : peut-être même aimait-il en elle, par-dessus tout, ce trouble profond, invisible pour les autres, qui bouleversait cette fille, d'apparence imperturbable, dès qu'ils se trouvaient en tête-à-tête.

Durant la dernière visite de Jean-Louis, à la fin

de ces vacances de Pâques, ils avancèrent sous les vieux chênes sans feuilles, devant la maison crépie de frais, aux murs renflés par l'âge. Jean-Louis en vint à parler de ce qu'il ferait, à la sortie du collège. Madeleine l'écoutait avec attention, comme si cet avenir l'intéressait autant que lui.

« Naturellement, je préparerai une thèse... Tu ne me vois pas faisant la classe toute ma vie... Je veux enseigner dans une Faculté. »

Elle lui demanda combien de mois il consacrerait à cette thèse. Il répondit vivement qu'il ne s'agissait pas de mois, mais d'années. Il lui nomma de grands philosophes : leurs thèses contenaient déjà l'essentiel de leur système. Et elle, indifférente aux noms qu'il citait, n'osait lui poser la seule question qui l'intéressât : attendrait-il, pour se marier, d'avoir fini ce travail ? La préparation d'une thèse était-elle compatible avec l'état de mariage ?

« Si je pouvais être chargé de cours à Bordeaux... mais c'est très difficile... »

Comme elle l'interrompait, un peu étourdiment, pour dire que son père se ferait fort d'obtenir cette place, il protesta d'un ton sec : « qu'il ne voulait rien demander à ce gouvernement de francs-maçons et de juifs ». Elle se mordit les lèvres : fille d'un conseiller général, républicain modéré, et qui n'avait qu'une idée en tête : « être bien avec tout le monde », elle était accoutumée, depuis l'enfance, à voir son père quémander pour chacun : il n'y avait pas un bout de ruban, dans la commune, pas une place de cantonnier ou de facteur qui n'ait été due à son intervention. Madeleine s'en voulait d'avoir blessé la délicatesse de Jean-Louis ; elle se souviendrait, le cas échéant, de faire les démarches à son insu.

Hors ces propos dont quelques-uns laissaient

entendre que peut-être leurs deux vies se confondraient un jour, les deux enfants n'ébauchèrent pas un geste, ne prononcèrent pas une parole de tendresse. Et pourtant, bien des années après, lorsque Jean-Louis pensait à ces matinées de Léojats, il se souvenait d'une joie non terrestre. Il revoyait, dans le ruisseau aux écrevisses, sous les chênes, des remous de soleil. Il suivait Madeleine, leurs jambes fendaient l'herbe épaisse, pleine de boutons d'or et de marguerites, des vacances de Pentecôte ; ils marchaient sur les prairies comme sur la mer. Les capricornes vibraient dans le beau jour à son déclin... Aucune caresse n'eût ajouté à cette joie... Elle l'eût peut-être détruite, image déformée de leur amour. Les deux enfants ne fixaient pas dans des paroles, dans des attitudes, ce qui les rendait un peu haletants, sous les chênes de Léojats, cette merveille immense et sans nom.

L'étrange jalousie d'Yves ! Elle n'était point due à l'attachement de Jean-Louis pour Madeleine ; mais il souffrait de ce qu'une autre créature arrachait le grand frère à sa vie habituelle, de ce qu'il n'était pas seul à détenir le pouvoir de l'enchanter. Ces mouvements d'orgueil ne l'empêchaient d'ailleurs point de céder aussi à l'humilité de son âge : l'amour de Jean-Louis l'élevait, pour Yves, au rang des grandes personnes. Un garçon de dix-sept ans, amoureux d'une jeune fille, n'a plus de part à ce qui se passe dans le pays des êtres qui ne sont pas encore des hommes. Aux yeux d'Yves, les poèmes qu'il inventait participaient du mystère des histoires enfantines. Bien loin de se croire « en avance pour son âge », il poursuivait dans son œuvre le rêve éveillé de son enfance, et il fallait être un enfant, croyait-il, pour entrer dans cet incompréhensible jeu.

Or, le jour de la rentrée à Bordeaux, il s'aperçut qu'il avait eu tort de perdre confiance en son aîné. C'était au moment et dans le lieu où il s'y fût le moins attendu : en gare de Langon, la famille Frontenac avait quitté le train de Bazas et cherchait en vain à se loger dans l'express. Blanche courait le long du convoi, suivie des enfants qui trimbalaient le panier du chat, des cages d'oiseaux, le bocal contenant une rainette, des boîtes de « souvenirs » tels que pommes de pin, copeaux gluants de résine, pierres à feu. La famille envisageait avec terreur « qu'on serait obligé de se séparer ». Le chef de gare s'approcha alors de Mme Frontenac, la main à la visière de sa casquette, et l'avertit qu'il allait faire accrocher un wagon de deuxième classe. Les Frontenac se retrouvèrent tous, dans le même compartiment, secoués comme on l'est en queue d'un convoi, essoufflés, heureux, s'interrogeant les uns les autres sur le sort du chat, de la rainette, des parapluies. Ce fut lorsque le train quittait la gare de Cadillac, que Jean-Louis demanda à Yves s'il avait recopié ses poèmes « au propre ». Naturellement, Yves les avait recopiés dans un beau cahier, mais il ne pouvait changer son écriture.

« Fais-les-moi passer, dès ce soir ; je m'en chargerai ; moi qui n'ai pas de génie, j'ai une écriture très lisible... Pour quoi faire, idiot ? tu ne devines pas mon idée ? Surtout, ne va pas t'emballer... La seule petite chance que nous ayons, c'est que tu puisses être compris des gens du métier : nous expédierons le manuscrit au *Mercure de France.* »

Et, comme Yves, tout pâle, ne pouvait que répéter : « Ça, ce serait chic... », Jean-Louis le supplia encore de ne pas se monter le cou :

« Tu penses... Ils doivent en recevoir des tas

tous les jours. Peut-être même les jettent-ils au panier sans les lire. Il faut d'abord qu'on te lise... et puis que ça tombe sous les yeux d'un type capable de piger. Il ne faut absolument pas y compter : une chance sur mille ; c'est comme si nous lancions une bouteille à la mer. Promets-moi qu'une fois la chose faite, tu n'y penseras plus. »

Yves répétait : « Bien sûr, bien sûr, on ne les lira même pas... » Mais ses yeux étaient brillants d'espoir. Il s'inquiétait : où trouver une grande enveloppe ? Combien faudrait-il mettre de timbres ? Jean-Louis haussa les épaules : on enverrait le paquet recommandé ; d'ailleurs, il se chargeait de tout.

Des gens encombrés de paniers montèrent à Beautiran. Il fallut se serrer. Yves reconnut un de ses camarades, un campagnard, pensionnaire et fort en gymnastique, avec lequel il ne frayait pas. Ils se dirent bonjour. Chacun dévisageait la maman de l'autre. Yves se demandait comment il aurait jugé cette grosse femme transpirante, s'il avait été son fils.

VI

SI Jean-Louis était demeuré auprès d'Yves, durant ces semaines accablantes jusqu'à la distribution des prix, il l'aurait mis en garde contre l'attente folle d'une réponse. Mais à peine rentré, Jean-Louis prit une décision que la famille admira et qui irrita au plus haut point son petit frère. Comme il avait résolu de se présenter à la fois à l'examen de philosophie et à celui des sciences, il réclama la faveur d'être pensionnaire, afin de ne pas perdre le temps des allées et venues. Yves ne l'appelait plus que Mucius Scaevola. Il avait en horreur, disait-il, la grandeur d'âme. Livré à lui-même, il ne pensa plus qu'à son manuscrit. Chaque soir, à l'heure du courrier, il demandait à sa mère la clef de la boîte aux lettres et descendait quatre à quatre les étages. L'attente du lendemain le consolait, à chaque déception. Il se donnait des raisons : les manuscrits n'étaient pas lus sur l'heure, et puis le lecteur, même enthousiaste, devait obtenir l'adhésion de M. Valette, directeur du *Mercure*.

Les fleurs des marronniers se fanèrent. Les derniers lilas étaient pleins de hannetons. Les Frontenac recevaient de Respide des asperges « à ne savoir qu'en faire ». L'espérance d'Yves baissait un peu plus chaque jour comme le niveau des sources. Il devenait amer. Il haïssait les siens de ne pas discerner un nimbe autour de son front. Chacun, sans malice, lui rabattait le caquet : « Si l'on te pressait le nez, il en sortirait du lait. » Yves crut qu'il avait perdu sa mère : des paroles d'elle l'éloignaient, coups de bec que la poule donne au poussin grandi, obstiné à la suivre. S'il s'était expliqué, songeait-il, elle n'aurait pas compris. Si elle avait lu ses poèmes elle l'aurait traité d'idiot ou de fou. Yves ne savait pas que la pauvre femme avait, de son dernier enfant, une connaissance plus profonde qu'il n'imaginait. Elle n'aurait su dire en quoi, mais elle savait qu'il différait des autres, comme le seul chiot de la portée taché de fauve.

Ce n'était pas les siens qui le méprisaient ; c'était lui-même qui croyait à sa misère et à son néant. Il prenait en dégoût ses épaules étroites, ses faibles bras. Et, pourtant, la tentation absurde lui venait de monter, un soir, sur la table du salon de famille et de crier : « Je suis roi ! je suis roi ! »

« C'est l'âge, ça passera... », répétait Mme Arnaud-Miqueu à Blanche qui se plaignait. Il ne se coiffait pas, se lavait le moins possible. Puisque le *Mercure* demeurait muet, que Jean-Louis l'avait abandonné, que nul ne saurait jamais qu'un poète admirable était né à Bordeaux, il contenterait son désespoir, en ajoutant encore à sa laideur ; il ensevelirait le génie dans un corps décharné et sale.

En juin, un matin, dans l'omnibus du collège, il relisait le dernier poème qu'il eût écrit, lorsqu'il s'aperçut que le voisin regardait par-dessus son épaule. C'était un grand, un philosophe, nommé Binaud, le rival de Jean-Louis, dont il semblait être de beaucoup l'aîné : déjà il se rasait, et ses joues encore puériles étaient pleines de coupures. Yves feignit de ne rien voir, mais il écarta un peu la main, et ne tourna la page que lorsqu'il fut assuré que le voisin avait fini de déchiffrer la dernière ligne. Soudain, l'indiscret sans aucune vergogne, lui demanda : « Où il avait pris ça ? » Et comme Yves demeurait muet :

« Non, sans blague, de qui est-ce ?

– Devine.

– Rimbaud ? Non, c'est vrai... tu ne peux pas connaître.

– Qui est Rimbaud ?

– Je te l'apprendrai si tu me dis où tu as copié ce poème. »

Enfin ! un autre allait relayer Jean-Louis défaillant. Un autre serait témoin de sa gloire et de son génie. Les joues en feu, il prononça :

« C'est de moi. »

L'autre répondit : « Sans blague ? » Evidemment, il ne le croyait pas. Lorsqu'il fut convaincu, il eut honte d'avoir pris pour un texte intéressant les élucubrations de ce gosse. Puisque c'était de lui, ce ne pouvait qu'être sans intérêt. Il dit mollement :

« Il faudra que tu me montres ce que tu as fait... »

Comme Yves ouvrait sa serviette, l'autre lui retint le bras :

« Non, j'ai trop de travail, ces jours-ci ; dimanche soir, si tu passes rue Saint-Genès, tu n'as qu'à sonner au 182... »

Yves ne comprit pas qu'on lui demandait seulement de déposer le cahier. Lire ses poèmes à haute voix, devant quelqu'un... Quel rêve ! Jean-

Louis ne l'en avait jamais prié. A cet inconnu, il oserait les lire, malgré sa timidité ; ce grand garçon l'écouterait avec déférence et peut-être, à mesure qu'avancerait la lecture, avec émerveillement.

Binaud ne se mit plus jamais à côté d'Yves dans l'omnibus. Mais l'enfant ne s'en formalisait pas, car les examens approchaient et les candidats, dès qu'ils avaient une minute, ouvraient un livre.

Yves laissa passer deux dimanches, puis il se décida à cette visite. Juillet desséchait le triste Bordeaux. L'eau ne coulait plus le long des trottoirs. Les chevaux de fiacre portaient des chapeaux de paille avec deux trous pour les oreilles. Les premiers tramways électriques traînaient des remorques pleines d'une humanité débraillée et sans cols, où les corsets dégrafés faisaient aux femmes un dos bossu. La tête de brute des cyclistes touchait leur guidon. Yves se retourna pour voir passer l'auto de Mme Escarraguel qui avançait dans un bruit de ferraille.

Le 182 de la rue Saint-Genès était une maison sans étage, ce qu'Yves appelait une « échoppe ». Lorsque l'enfant sonna, son esprit vaguait ailleurs, très loin du nommé Binaud. Le bruit de la cloche le réveilla. Trop tard pour se sauver, il entendit une porte claquer, des conciliabules à mi-voix. Enfin une femme en robe de chambre apparut : elle était jaune et maigre, l'œil luisait de méfiance. Ses cheveux abondants, dont elle devait être fière, semblaient dévorer sa substance ; eux seuls étaient vivants, luxuriants, sur ce corps dévasté, sans doute rongé à l'intérieur par quelque fibrome. Yves demanda si Jacques Binaud était là. La casquette du collège qu'il tenait à la main dut rassurer la femme, car elle l'introduisit dans le corridor, ouvrit une porte à droite.

C'était le salon, mais transformé en atelier de couture ; des patrons de papier traînaient sur la table ; une machine à coudre était découverte devant la fenêtre ; Yves avait dû déranger l'ouvrière. Une terre cuite autrichienne, de toutes les couleurs, *Salomé,* ornait la cheminée. Un pierrot de plâtre, en équilibre sur le croissant de la lune, envoyait de la main un baiser. Yves entendait du remue-ménage dans la pièce à côté, une voix irritée, sans doute celle de Binaud. A son insu, il avait fait irruption chez un de ces fonctionnaires qualifiés de « modestes » mais qui sont, en réalité, fous d'orgueil, qui « sauvent la face » et n'autorisent aucun étranger à entrer dans les coulisses de leur vie besogneuse. Evidemment, Binaud l'avait invité à déposer son manuscrit, rien de plus... Et ce furent, en effet, les premières paroles du garçon lorsqu'il parut enfin, sans veste, la chemise déboutonnée. Il avait un cou énorme, une nuque semée de menus furoncles : Yves lui apportait ses vers ? Il avait eu tort de se déranger.

« A quinze jours des examens... je n'ai pas une minute, tu penses bien...

– Tu m'avais dit... je croyais...

– Je pensais que tu déposerais chez moi ton cahier le dimanche suivant... Enfin, puisque tu es venu, donne-les toujours.

– Non, protesta l'enfant, non ! Je ne veux pas t'ennuyer. »

Il n'avait qu'un désir, quitter cette échoppe, cette odeur, cet affreux garçon. Celui-ci, sans doute à cause de son camarade Jean-Louis, s'était repris, essayait maintenant de retenir Yves ; mais déjà l'enfant avait gagné la rue et filait, malgré l'épaisse chaleur, ivre de méchanceté et de désespoir. Pourtant, il n'avait que quinze ans et lorsqu'il eut atteint le cours de l'Intendance, il entra chez le pâtissier Lamanon où une glace à la fraise le consola. Mais à la sortie, son chagrin l'attendait qui ne semblait pas être à la mesure de cette visite manquée. Chaque être a sa façon de souffrir dont les lois prennent forme et se fixent dès l'adolescence. Telle était, ce soir, la misère d'Yves, qu'il n'imaginait même pas d'en voir jamais le bout ; il ne savait pas qu'il était au moment de vivre des jours radieux, des semaines de lumière et de joie et que l'espoir allait s'étendre sur sa vie, aussi faussement inaltérable, hélas ! que le ciel des grandes vacances.

VII

A CETTE époque, Xavier Frontenac connut les jours les plus tranquilles de sa vie. Ses scrupules s'étaient apaisés : Joséfa avait fini de toucher ses cent mille francs et rien n'empêchait plus Xavier de « mettre de côté » pour ses neveux. En revanche, il demeurait toujours dans la crainte que sa famille ne découvrît l'existence de Joséfa. Son angoisse même s'était accrue à mesure que les petits Frontenac grandissaient et qu'ils atteignaient l'âge où ils risquaient d'être plus scandalisés, ou même d'être influencés par ce triste exemple. Mais justement, parce qu'ils devenaient des hommes, ils pourraient bientôt s'occuper des propriétés. Xavier avait décidé, le moment venu, de vendre son étude et d'aller vivre à Paris. Il expliquait à Joséfa que la capitale leur serait un refuge sûr. Les premières automobiles commençaient déjà de raccourcir les distances et Angoulême lui paraissait être beaucoup plus près de Bordeaux que naguère. A Paris, ils sortiraient ensemble, iraient au théâtre sans crainte d'être reconnus.

Xavier avait déjà pris des engagements pour la vente de son étude, et bien qu'il ne dût la céder que dans deux ans, il venait de toucher des arrhes qui dépassaient de beaucoup ce qu'il avait espéré. Le contentement qu'il en eut l'incita à tenir une promesse faite autrefois à Joséfa : un voyage circulaire en Suisse. Lorsqu'il y fit allusion, elle manifesta si peu de joie qu'il fut déçu. Au vrai, cela paraissait trop beau à la pauvre femme et elle n'y croyait pas. S'il s'était agi d'aller à Luchon, pour huit jours, comme en 96... mais traverser Paris, visiter la Suisse... Elle haussait les épaules et continuait de coudre. Pourtant, quand elle vit Xavier consulter des guides, des indicateurs, tracer des itinéraires, cet incroyable bonheur lui parut se rapprocher. Elle ne pouvait plus douter que la décision de Xavier ne fût prise. Un soir, il revint avec les billets circulaires. Jusque-là, elle n'avait parlé de ce voyage à personne. Elle se décida enfin à écrire à sa fille mariée qui habitait Niort : « J'en suis à me demander si je rêve ou si je veille, mais les billets sont là, dans l'armoire à glace. Ils sont au nom de M. Xavier Frontenac et madame : ce sont des billets de famille. Ma chérie, ça a beau ne pas être vrai, ça me fait un coup au cœur. *M. Frontenac et madame !* Je lui ai demandé s'il signerait comme ça dans les hôtels ; il m'a répondu qu'il n'y aurait pas moyen de faire autrement. Ça l'a mis de mauvaise humeur ; tu sais comme il est... Il m'a dit qu'il avait visité trois fois la Suisse et qu'il y avait vu de tout sauf des montagnes parce que les nuages les cachent et qu'il pleut tout le temps. Mais je n'ai pas osé lui répondre que ça m'était bien égal, vu que ce qui me fera le plus plaisir, ce sera d'aller d'hôtels en hôtels, comme la femme de Xavier, et de n'avoir qu'à sonner le matin pour le petit déjeuner... »

M. Frontenac et madame... Sur le billet, ces

mots n'avaient nullement impressionné Xavier, mais il n'avait pas prévu que la question se poserait aussi dans les hôtels. Joséfa aurait mieux fait de ne pas lui mettre ce souci en tête, car tout son plaisir s'en trouvait gâté. Il se reprochait d'être allé au-devant de tant d'ennuis : de la fatigue, de la dépense, et Joséfa qui jouerait à la dame (sans compter que les journaux locaux publieraient peut-être, à la rubrique « parmi nos hôtes », *M. et Mme Xavier Frontenac).* Enfin, les billets étaient pris, le vin était tiré.

Or, dans l'après-midi du 2 août, l'avant-veille du départ, à l'heure même où, à Angoulême, Joséfa mettait la dernière main à une robe du soir faite pour éblouir les hôtels suisses, Mme Arnaud-Miqueu, sur un trottoir de Vichy, eut un de ces vertiges qu'elle appelait tournements de tête. Celui-ci fut violent et subit ; elle ne put se retenir au bras de sa fille Caussade et sa tête heurta contre le pavé. On la rapporta à l'hôtel, déjà râlante. Le lendemain matin, à Bourideys, Blanche Frontenac faisait un dernier tour de parc : il allait falloir s'enfermer dans la maison, déjà on respirait mal, les cigales, une à une, éclataient de joie. Elle vit Danièle courir à sa rencontre, en agitant un télégramme : « Mère au plus mal... »

Au déclin de l'après-midi, un petit porteur de dépêches d'Angoulême sonna à la porte de Xavier Frontenac. Joséfa, qui ne venait presque jamais chez lui, l'aidait, ce jour-là, à faire sa malle et, sans l'en avertir, y avait déjà casé trois robes. Quand elle vit le papier bleu entre les mains de Xavier, elle comprit qu'ils ne partiraient pas.

« Ah ! diable ! »

Le ton de Xavier était, à son insu, presque joyeux ; car à travers le texte de Blanche : « Suis appelée à Vichy auprès mère très mal. Vous prie venir par premier train à Bourideys garder enfants... » il lisait qu'on ne transcrirait dans aucun hôtel suisse : *M. Xavier Frontenac et madame,* et qu'il allait économiser quinze cents francs. Il passa le télégramme à Joséfa qui sut d'abord que tout était perdu, habituée, depuis quinze ans, à servir de victime, sur les autels de la divinité Frontenac. Elle dit, par acquit de conscience :

« Tu es averti trop tard, les billets sont pris, nous sommes déjà en route. Télégraphie de la frontière que tu regrettes... Les enfants ne sont plus des enfants (à force d'entendre parler d'eux, elle les connaissait bien). M. Jean-Louis a près de dix-huit ans et M. José... »

Il l'interrompit, furieux :

« Non, mais, qu'est-ce qui te prend ? Tu deviens folle ? Tu me crois capable de ne pas répondre à l'appel de ma belle-sœur ? Eux d'abord, je te l'ai assez répété. Allons, ma vieille, ce n'est que partie remise, ce sera pour une autre fois. Mets ton collet, il fait plus frais... »

Elle remit d'un geste docile son collet marron, soutaché. Le col médicis encadrait bizarrement sa figure flasque où le nez en l'air, un nez « fripon », pouvait seul éveiller le souvenir de son passé. Elle n'avait pas de menton ; son chapeau, planté sur le sommet d'une tresse épaisse et jaune, était un fouillis de liserons bien imités. On jugeait du premier coup d'œil que ses cheveux lui descendaient jusqu'aux reins. Elle cassait tous ses peignes. « Tu sèmes des épingles à cheveux partout. »

Aussi soumise qu'elle fût, en agrafant son collet, la pauvre femme bougonna « que peut-être elle finirait par en avoir assez ». Xavier, d'une voix aigre, la pria de répéter ce qu'elle venait de dire et elle le répéta d'un ton mal assuré. Xavier

Frontenac, délicat jusqu'au scrupule avec les siens, et scrupuleux même jusqu'à la manie, et qui l'était aussi en affaires, se montrait volontiers brutal avec Joséfa.

« Maintenant que tu as fait ton magot, dit-il, tu peux me quitter... Mais tu es tellement idiote que tu perdras tout... Tu seras obligée de vendre tes meubles, ajouta-t-il méchamment, à moins que... il ne faut pas oublier que les factures sont à mon nom, le loyer aussi...

– Pas à moi, les meubles ? »

Il l'avait touchée au plus sensible. Elle adorait son grand lit, acheté à Bordeaux chez Leveilley ; le bois en était rehaussé de filets d'or. Un flambeau et un carquois dominaient le panneau du fond. Joséfa avait cru voir longtemps, dans le flambeau, un cornet d'où sortaient des cheveux, et dans le carquois un autre cornet contenant des plumes d'oie. Ces étranges symboles ne l'avait ni inquiétée ni surprise. La table de nuit, pareille à un riche reliquaire était bien trop belle, disait Joséfa, pour ce qu'elle contenait. Mais elle aimait, par-dessus tout, l'armoire à glace. Le fronton supportait les mêmes cornets noués par le même ruban ; des roses s'y mêlaient ; Joséfa assurait qu'on en pouvait compter les pétales « tant c'était fouillé ». La glace était encadrée par deux colonnes cannelées à mi-hauteur et qui devenaient torses dans le bas. L'intérieur, en bois plus clair, « faisait ressortir » les piles de pantalons bordés de dentelles « larges comme la main », les jupons de dessous, les camisoles à festons empesés, les gentils cache-corset, l'orgueil de Joséfa « qui avait la passion du linge ».

« Pas à moi, les meubles ? »

Et elle sanglotait. Il l'embrassa :

« Bien sûr, ils sont à toi, grande sotte.

– Au fond, reprit-elle en se mouchant, je suis bien bête de pleurer puisque je n'ai jamais cru que nous partirions. Je pensais qu'il y aurait un tremblement de terre...

– Eh bien, tu vois : il a suffi que la vieille Arnaud-Miqueu passât l'arme à gauche. »

Il parlait d'un ton gaillard, tout à la joie de rejoindre, au pays, les enfants de son frère.

« La pauvre Mme Michel va se trouver bien seule... »

Joséfa pensait sans cesse, avec dévotion, à cet être qu'elle avait été accoutumée à placer si haut. Xavier, après un silence, répondit :

« Si sa mère meurt, elle devient très riche... Et il n'y a plus de raison pour qu'elle garde un centime du côté Frontenac. »

Il fit le tour de la table, en se frottant les mains.

« Tu rapporteras les billets à l'agence. Je vais leur écrire un mot, ils ne feront pas de difficultés, ce sont des clients. Tu garderas l'argent qu'ils te rendront... Ça fait juste tes mois en retard », ajouta-t-il, joyeux.

VIII

LE jour du départ de Blanche pour Vichy (elle devait prendre le train de trois heures), la famille déjeunait dans un grand silence, c'est-à-dire sans parler ; car le défaut de conversation rendait plus assourdissant le vacarme des fourchettes et de la vaisselle. L'appétit des enfants scandalisait Blanche. Quand elle mourrait, on repasserait aussi les plats... Mais ne s'était-elle pas surprise, tout à l'heure, en train de se demander qui aurait l'hôtel de la rue de Cursol ? Des nuées d'orage cachaient le soleil et il avait fallu rouvrir les volets. Les compotiers de pêches attiraient les guêpes. Le chien aboya et Danièle dit : « C'est le facteur. » Toutes les têtes se tournèrent vers la fenêtre, vers l'homme qui débouchait de la garenne, portant en sautoir sa boîte ouverte. Il n'existe personne, dans la famille la plus unie, qui n'attende, qui n'espère une lettre, à l'insu des autres. Mme Frontenac reconnut sur une enveloppe l'écriture de sa mère, mourante, à cette heure, ou peut-être déjà morte. Elle avait dû l'écrire le matin même de l'accident. Blanche hésitait à l'ouvrir ; elle se décida enfin, éclata en sanglots. Les enfants regardaient avec stupeur leur mère en larmes.

Elle se leva, ses deux filles sortirent avec elle. Personne, sauf Jean-Louis, n'avait prêté attention à la grande enveloppe que le domestique avait déposée devant Yves : *Mercure de France... Mercure de France...* Yves n'arrivait pas à l'ouvrir : des imprimés ? ce n'était que des imprimés ? Il reconnut une phrase : elle était de lui... Ses poèmes ... On avait estropié son nom : Yves Frontenou. Il y avait une lettre :

Monsieur et cher poète,

La rare beauté de vos poèmes nous a décidés à les publier tous. Nous vous serions obligés de nous renvoyer les épreuves, après correction, par retour du courrier. Nous plaçons la poésie trop haut pour que toute rémunération ne nous paraisse indigne d'elle.
Je vous prie de croire, Monsieur et cher poète, à nos sentiments d'admiration.

PAUL MORISSE.

P.S. *Dans quelques mois je serai heureux de lire vos nouvelles œuvres sans que cela comporte aucun engagement de notre part.*

Trois ou quatre gouttes espacées claquèrent et enfin la pluie d'orage ruissela doucement. Yves en éprouvait dans sa poitrine la fraîcheur. Heureux comme les feuillages : la nue avait crevé sur lui. Il avait passé l'enveloppe à Jean-Louis qui, après y avoir jeté un coup d'œil, la glissa dans sa poche. Les petites revinrent : leur mère s'était un peu calmée, elle descendrait au moment de partir. Bonne-maman disait dans sa lettre : « Mes tournements de tête m'ont repris plus violents que jamais... » Yves fit un effort pour sortir de sa joie, elle l'entourait comme un feu, il ne pouvait se sauver de cet incendie. Il s'efforça de suivre en esprit le voyage de sa mère : trois trains jusqu'à Bordeaux, puis l'express de Lyon ; elle changerait à Gannat... Il ne savait pas corriger les épreuves... Les renvoyer par retour du courrier ? On avait fait suivre la lettre de Bordeaux... Il y avait déjà un jour de perdu.

Blanche apparut, la figure cachée par une voilette épaisse. Un enfant cria : « La voiture est là. » Burthe avait peine à tenir le cheval à cause des mouches. Les enfants avaient coutume de se disputer les places dans la victoria pour accompagner leur mère jusqu'à la gare, et pour revenir, non plus sur le strapontin mais « sur les coussins moelleux ». Cette fois, Jean-Louis et Yves laissèrent monter José et les petites. Ils agitèrent la main, ils criaient : « Nous comptons recevoir une dépêche demain matin. »

Enfin ! Ils régnaient seuls sur la maison et sur le parc. Le soleil brillait à travers les gouttes de pluie. La saison fauve s'était étrangement adoucie et le vent, dans les branches chargées d'eau, renouvelait de brèves averses. Les deux garçons ne purent s'asseoir, car les bancs étaient trempés. Ils lurent donc les épreuves en faisant le tour du parc, leurs têtes rapprochées. Yves disait que ses poèmes imprimés lui paraissaient plus courts. Il y avait très peu de fautes qu'ils corrigèrent naïvement comme ils eussent fait sur leurs copies d'écoliers. A la hauteur du gros chêne, Jean-Louis demanda soudain :

« Pourquoi ne m'as-tu pas montré tes derniers poèmes ?

– Tu ne me les as pas demandés. »

Comme Jean-Louis assurait qu'il n'y aurait pris

aucun plaisir à la veille des examens, Yves lui offrit d'aller les chercher :

« Attends-moi ici. »

L'enfant s'élança : il courait vers la maison, ivre de bonheur, la tête nue et rejetée. Il faisait exprès de passer à travers les genêts hauts et les feuillages bas pour mouiller sa figure. Le vent de la course lui paraissait presque froid. Jean-Louis le vit revenir, bondissant. Ce petit frère, si mal tenu et d'aspect si misérable à la ville, volait vers lui avec la rapide grâce d'un ange.

« Jean-Louis, permets-moi de les lire ; ça me ferait tant plaisir de te les lire à haute voix... Attends que je reprenne souffle. »!

Ils étaient debout, appuyés au chêne, et l'enfant écoutait, contre le vieux tronc vivant qu'il embrassait les jours de départ, battre son propre cœur éphémère et surmené. Il commença, il lisait bizarrement, d'une façon que Jean-Louis jugea d'abord ridicule ; puis il pensa que c'était sans doute le seul ton qui convînt. Ces nouveaux poèmes, les trouvait-il inférieurs aux premiers ? il hésitait, il faudrait qu'il les relût... Quelle amertume ! quelle douleur déjà ! Yves, qui tout à l'heure bondissait comme un faon, lisait d'une voix âpre et dure. Et pourtant il se sentait profondément heureux ; il n'éprouvait plus rien, à cette minute, de l'affreuse douleur que ses vers exprimaient. Seule subsistait la joie de l'avoir fixée dans des paroles qu'il croyait éternelles.

« Il faudra les envoyer au *Mercure* à la rentrée d'octobre, dit Jean-Louis. Ne nous pressons pas trop.

– Tu les préfères aux autres, dis ? »

Jean-Louis hésita :

« Il me semble que ça va plus loin... »

Comme ils approchaient de la maison, ils aperçurent José et les petites qui revenaient de la gare avec des mines de circonstance. Marie dit que ç'avait été affreux, quand le train s'était mis en marche, de voir sangloter leur pauvre maman. Yves détourna la tête parce qu'il avait peur qu'on devinât sa joie. Jean-Louis lui cherchait une excuse : après tout, bonne-maman n'était pas morte, on avait peut-être exagéré ; elle avait déjà reçu l'extrême-onction, trois fois... Et puis oncle Alfred avait le goût de la catastrophe. Yves l'interrompit étourdiment :

« Il prend son désir pour une réalité.

– Oh ! Yves ! comment oses-tu... »

Les enfants étaient choqués ; mais Yves partit de nouveau, comme un poulain fou, sautant les fossés, serrant contre son cœur les épreuves qu'il allait relire pour la troisième fois dans ce qu'il appelait sa maison, une vraie bauge de sanglier, au milieu des ajoncs... Il y rongerait son os. José le regardait courir :

« Quel sacré type ! Il fait la tête, quand tout va bien ; mais s'il y a du malheur dans l'air, le voilà content... »

Il siffla Stop, et descendit vers la Hure pour poser ses lignes de fond, l'esprit libre et joyeux, comme si sa bonne-maman n'avait pas été mourante. Pour enivrer son frère, il avait fallu le premier rayon de la gloire ; mais à José, il suffisait d'être un garçon de dix-sept ans, aux premiers jours des grandes vacances, et qui connaissait, dans la Hure, les trous où sont les anguilles.

IX

Le dîner sans maman fut plus bruyant que d'habitude. Seules, les petites filles, élèves du Sacré-Cœur, et dressées au scrupule, trouvaient « que le soir était mal choisi pour plaisanter » ; mais elles pouffaient lorsque Yves et José singeaient les chanteuses, à l'église autour de l'harmonium, avec leur bouche en cul de poule : « *Rien pour me satisfaire, dans ce vaste univers !* » Le sage Jean-Louis, toujours en quête d'excuses pour lui-même et pour ses frères, prétendait que l'énervement les obligeait à rire ; ça ne les empêchait pas d'être tristes.

Ils partirent, après dîner, dans la nuit noire, pour chercher oncle Xavier au train de neuf heures. Aussi en retard que l'on fût, le train de Bourideys l'était toujours un peu plus. Des piles pressées de planches fraîches, toutes saignantes encore de résine, cernaient la gare. Les enfants se faufilaient au travers, se cognaient, s'égaraient dans l'enchevêtrement des ruelles de cette ville parfumée. Leurs pieds s'enfonçaient profondément dans l'écorce de pin écrasée qu'ils ne voyaient pas ; mais ils savaient qu'à la lumière, ce tapis d'écorce a la couleur du sang caillé. Yves assurait que ces planches étaient les membres rompus des pins : déchiquetés, pelés vivants, ils embaumaient, ces corps sacrés des martyrs... José gronda :

« Non ! mais quel idiot ! Quel rapport ça a-t-il ? »

Ils virent briller le quinquet de la gare. Des femmes criaient et riaient ; leurs voix étaient perçantes, animales. Ils traversèrent la salle d'attente, puis les rails. Ils entendirent, dans le silence des bois, le bruit éloigné du petit train dont le cahotement rythmé leur était familier et qu'ils imitaient souvent, l'hiver, à Bordeaux, pour se rappeler le bonheur des vacances. Il y eut un long sifflement, la vapeur s'échappa avec fracas et le majestueux joujou sortit des ténèbres. Il y avait quelqu'un dans le compartiment des secondes... Ce ne pouvait être qu'oncle Xavier.

Il ne s'était pas attendu à trouver les enfants aussi joyeux. Ils se disputaient pour porter sa valise, s'accrochaient à son bras, s'informaient de l'espèce de bonbons qu'il avait apportés. Il se laissait conduire par eux, comme un aveugle, à travers les piles de planches et respirait, avec le même bonheur qu'à chacune de ses visites, l'odeur nocturne du vieux pays des Péloueyre. Il savait qu'au tournant de la route qui évite le bourg, les enfants allaient crier : « Attention au chien de M. Dupart... » puis, la dernière maison dépassée, il y aurait, dans la masse obscure des bois, une coupure, une coulée blanche, l'allée gravée où les pas des enfants feraient un bruit familier. Là-bas, la lampe de la cuisine éclairait comme une grosse étoile au ras de terre. L'oncle savait qu'on allait lui servir un repas exquis, mais que les enfants, qui avaient déjà dîné, ne le laisseraient pas manger en paix. A une phrase qu'il risqua sur l'état de leur pauvre grand-mère, ils répondirent tous à la fois qu'il fallait attendre des nouvelles plus précises, que leur tante Caussade exagérait toujours. La dernière bouchée avalée, il dut faire le tour du parc, malgré les ténèbres, selon un rite que les enfants ne permettaient à personne d'éluder.

« Oncle Xavier, ça sent bon ? »

Il répondait paisiblement :

« Ça sent le marécage et je sens que je m'enrhume.

– Regarde toutes ces étoiles...

– J'aime mieux regarder où je mets les pieds. »

Une des filles lui demanda de réciter *Le méchant faucon et le gentil pigeon.* Quand ils étaient petits, il les amusait de rengaines et de sornettes qu'ils réclamaient à chaque visite et qu'ils écoutaient toujours avec le même plaisir et les mêmes éclats de rire.

« A votre âge ? vous n'avez pas honte ? Vous n'êtes plus des enfants... »

Que de fois, durant ces jours de joie et de lumière, oncle Xavier devait leur répéter : « Vous n'êtes plus des enfants... » Mais le miracle était, justement, de tremper encore en pleine enfance bien qu'ils eussent déjà dépassé l'enfance : ils usaient d'une rémission, d'une dispense mystérieuse.

Le lendemain matin, Jean-Louis, lui-même, demandait :

« Oncle Xavier, fais-nous des bateaux-phares. »

L'oncle protestait pour la forme, ramassait une écorce de pin, lui donnait, en quelques coups de canif, l'aspect d'une barque, y plantait une allumette bougie. Le courant de la Hure emportait la flamme, et chacun des Frontenac retrouvait l'émotion qu'il ressentait autrefois en songeant au sort de cette écorce d'un pin de Bourideys : la Hure l'entraînerait jusqu'au Ciron, le Ciron rejoignait la Garonne non loin de Preignac... et enfin l'océan recevrait la petite écorce du parc où avaient grandi les enfants Frontenac. Aucun d'eux n'admettait qu'elle pût être retenue par des ronces, ni pourrir sur place, avant même que le courant de la Hure ait dépassé le bourg. Il fallait croire, c'était un article de foi, que du plus secret ruisseau des landes, le bateau-phare passerait à l'océan Atlantique : « avec sa cargaison de mystère Frontenac... », disait Yves.

Et ces grands garçons couraient comme autrefois, le long du ruisseau, pour empêcher le bateau-phare de s'échouer. Le soleil, déjà terrible, enivrait les cigales, et les mouches se jetaient sur toute chair vivante. Burthe apporta une dépêche que les enfants ouvrirent avec angoisse : « Légère amélioration... » Quel bonheur ! on pourrait être heureux et rire sans honte. Mais les jours suivants, il arriva qu'oncle Xavier lut à haute voix, sur le papier bleu : « Bonne-maman au plus mal... » et les enfants consternés ne savaient que faire de leur joie. Bonne-maman Arnaud-Miqueu agonisait dans une chambre d'hôtel, à Vichy. Mais ici, le parc concentrait l'ardeur de ces longues journées brûlantes. Au pays des forêts, on ne voit pas monter les orages. Ils demeurent longtemps dissimulés par les pins ; leur souffle seul les trahit, et ils surgissent comme des voleurs. Parfois le front cuivré de l'un d'eux apparaissait au sud, sans que sa fureur éclatât. Le vent plus frais faisait dire aux enfants qu'il avait dû pleuvoir ailleurs.

Même les jours où les nouvelles de Vichy étaient mauvaises, le silence ni le recueillement ne duraient. Danièle et Marie se rassuraient sur une neuvaine qu'elles faisaient pour leur grand-mère, en union avec le carmel de Bordeaux et le couvent de la Miséricorde. José proclamait : « Quelque chose me dit qu'elle s'en tirera. » Il fallait qu'oncle Xavier interrompît, le soir, le chœur de Mendelssohn qu'ils chantaient, à trois voix, sur le perron :

> Tout l'univers est plein de sa magnificence !
> Qu'on l'adore, ce Dieu...

« Quand ce ne serait qu'à cause des domestiques », disait oncle Xavier. Yves protestait que la musique n'empêchait personne d'être inquiet et triste ; et il attendait de ne plus voir le feu du cigare de l'oncle dans l'allée gravée, pour entonner, avec son étrange voix que la mue blessait, un air du *Cinq-Mars* de Gounod :

> Nuit resplendissante et silencieuse...

Il s'adressait à la nuit comme à une personne, comme à un être dont il sentait contre lui la peau fraîche et chaude, et l'haleine.

> Dans tes profondeurs, nuit délicieuse...

Jean-Louis et José assis sur le banc du perron, la tête renversée, guettaient les étoiles filantes. Les filles criaient qu'une chauve-souris était entrée dans leur chambre.

A minuit, Yves rallumait sa bougie, prenait son cahier de vers, un crayon. Déjà les coqs du bourg répondaient à leurs frères des métairies perdues. Yves, pieds nus, en chemise, s'accoudait à la fenêtre et regardait dormir les arbres. Personne ne saurait jamais, sauf son ange, comme il ressemblait alors à son père, au même âge.

Un matin, la dépêche : « Etat stationnaire » fut interprétée dans un sens favorable. Matinée radieuse, rafraîchie par des orages qui avaient éclaté très loin. Les filles apportèrent à oncle Xavier des branches de vergne pour qu'il leur fît des sifflets. Mais elles exigeaient que l'oncle ne renonçât à aucun des rites de l'opération : pour décoller l'écorce du bois, il ne suffisait pas de la tapoter avec le manche du canif ; il fallait aussi chanter la chanson patoise : *Sabe, sabe caloumet. Te pourterey un pan naouet. Te pourterey une mitche toute caoute. Sabarin. Sabaro...*

Les enfants reprenaient en chœur les paroles idiotes et sacrées. Oncle Xavier s'interrompit :

« Vous n'avez pas honte, à votre âge, de m'obliger à faire la bête ? »

Mais tous avaient obscurément conscience que, par une faveur singuliere, le temps faisait halte : ils avaient pu descendre du train que rien n'arrête ; adolescents, ils demeuraient dans cette flaque d'enfance, ils s'y attardaient, alors que l'enfance s'était retirée d'eux à jamais.

Les nouvelles de Mme Arnaud-Miqueu devinrent meilleures. C'était inespéré. Bientôt maman serait de retour et l'on ne pourrait plus être aussi bête devant elle. Fini de rire entre Frontenac. Mme Arnaud-Miqueu était sauvée. On alla chercher maman au train de neuf heures, par une nuit de lune, et la lumière coulait entre les piles de planches. Il n'y avait pas eu besoin d'apporter la lanterne.

Au retour de la gare, les enfants regardaient

manger leur mère. Elle avait changé, maigri. Elle racontait qu'une nuit, bonne-maman avait été si mal qu'on avait préparé un drap pour l'ensevelir (dans les grands hôtels, on enlève tout de suite les morts, à la faveur de la nuit). Elle remarqua qu'on l'écoutait peu, qu'il régnait entre les neveux et l'oncle une complicité, des plaisanteries occultes, des mots à double entente, tout un mystère où elle n'entrait pas. Elle se tut, s'assombrit. Elle ne nourrissait plus contre son beau-frère les mêmes griefs qu'autrefois parce que, vieillie, elle n'avait plus les mêmes exigences. Mais elle souffrait de la tendresse que les enfants témoignaient à leur oncle et détestait que toutes les manifestations de leur gratitude fussent pour lui.

Le retour de Blanche dissipa le charme. Les enfants n'étaient plus des enfants. Jean-Louis passait sa vie à Léojats et Yves eut de nouveau des boutons ; il reprit son aspect hargneux et méfiant. L'arrivée du *Mercure,* avec ses poèmes au sommaire, ne le dérida point. Il n'osa d'abord les montrer à sa mère ni à l'oncle Xavier et quand il s'y décida, toutes ses craintes furent dépassées. L'oncle trouvait que cela n'avait ni queue ni tête et citait du Boileau : « Ce qui se conçoit bien s'énonce clairement. » Sa mère ne put se défendre d'un mouvement d'orgueil mais le dissimula, en priant Yves de ne pas laisser traîner cette revue « qui contenait des pages immondes d'un certain Rémy de Gourmont ». José récitait, en bouffonnant, les passages qu'il trouvait « loufoques ». Yves, fou de rage, le poursuivait et se faisait rosser. Pour sa consolation il reçut plusieurs lettres d'admirateurs inconnus et il continua d'en recevoir désormais, sans comprendre toute l'importance de ce signe. Le soigneux Jean-Louis classait, avec un profond plaisir, ces témoignages.

Dans ces premiers jours de septembre, chargés d'orages, les Frontenac se froissaient, se fâchaient ; des disputes prenaient feu à propos de rien. Yves quittait la table, jetait sa serviette ; ou bien Mme Frontenac regagnait sa chambre et n'en redescendait, les yeux gonflés et la face bouillie, qu'après plusieurs ambassades et députations des enfants consternés.

X

La tempête que ces signes annonçaient éclata en la fête de Notre-Dame de septembre. Après le déjeuner, Mme Frontenac, oncle Xavier et Jean-Louis se réunirent dans le petit salon aux volets clos. La porte était ouverte à deux battants sur la salle de billard où Yves, étendu, cherchait le sommeil. Les mouches le tracassaient ; une grosse libellule prisonnière se cognait au plafond. Malgré la chaleur, les deux filles, à bicyclette, tournaient autour de la maison en sens contraire, et poussaient des cris quand elles se croisaient.

« Il faudra fixer le jour de ce déjeuner, avant le départ d'oncle Xavier, disait Mme Frontenac. Tu verras ce brave Dussol, Jean-Louis. Puisque tu dois vivre avec lui... »

Yves se réjouit de ce que Jean-Louis protestait vivement :

« Mais non, maman... je te l'ai dit et redit... Tu n'as jamais voulu m'entendre ; je n'ai nullement l'intention d'entrer dans les affaires.

– C'était de l'enfantillage... Je n'avais pas à en tenir compte. Tu sais bien que tôt ou tard il faudra te décider à prendre ta place dans la maison. Le plus tôt sera le mieux.

– Il est certain, dit oncle Xavier, que Dussol est un brave homme et qui mérite confiance ; n'empêche qu'il est temps, et même grand temps, qu'un Frontenac mette le nez dans l'affaire. »

Yves s'était soulevé à demi et tendait l'oreille.

« Le commerce ne m'intéresse pas.

– Qu'est-ce qui t'intéresse ? »

Jean-Louis hésita une seconde, rougit et lança enfin bravement :

« La philosophie.

– Tu es fou ? qu'est-ce que tu vas chercher ! Tu feras ce qu'ont fait ton père et ton grand-père... La philosophie n'est pas un métier.

– Après mon agrégation, je compte préparer ma thèse. Rien ne me presse... Je serai nommé dans une Faculté...

– Alors, voilà ton idéal ! s'écria Blanche, tu veux être fonctionnaire ! Non, mais vous l'entendez, Xavier ? fonctionnaire ! Alors qu'il a à sa disposition la première maison de la place. »

A ce moment, Yves pénétra dans le petit salon, les cheveux en désordre, l'œil en feu ; il traversa le brouillard de fumée dont l'éternelle cigarette d'oncle Xavier enveloppait les meubles et les visages.

« Comment pouvez-vous comparer, cria-t-il d'une voix perçante, le métier de marchand de bois avec l'occupation d'un homme qui voue sa vie aux choses de l'esprit ? C'est... c'est indécent... »

Les grandes personnes, interloquées, regardaient cet énergumène sans veste, la chemise ouverte et les cheveux sur les yeux. Son oncle lui demanda, d'une voix tremblante, de quoi il se mêlait ; et sa mère lui ordonna de quitter la pièce. Mais lui, sans les entendre, criait que « naturellement, dans cette ville idiote, on croyait qu'un marchand de n'importe quoi l'emportait sur un agrégé de lettres. Un courtier en vins prétendait avoir le pas sur un Pierre Duhem, professeur à la Faculté des Sciences, dont on ne connaissait meme pas le nom, sauf aux heures d'angoisse, quand il s'agissait de pistonner quelque imbécile pour le bachot... ». (On eût bien embarrassé Yves en lui demandant un aperçu des travaux de Duhem.)

« Non ! mais écoutez-le ! il fait un véritable discours... Mais tu n'es qu'un morveux ! Si on te pressait le nez... »

Yves ne tenait aucun compte de ces interruptions. Ce n'était pas seulement dans cette ville stupide, disait-il, qu'on méprisait l'esprit ; dans tout le pays on traitait mal les professeurs, les intellectuels. « ... En France, leur nom est une injure ; en Allemagne, « professeur » vaut un titre de noblesse... Mais aussi, quel grand peuple ! » D'une voix qui devenait glapissante, il s'en prit à la patrie et aux patriotes. Jean-Louis essayait en vain de l'arrêter. Oncle Xavier, hors de lui, n'arrivait pas à se faire entendre.

« Je ne suis pas suspect... On sait de quel côté je me range... J'ai toujours cru à l'innocence de Dreyfus... mais je n'accepte pas qu'un morveux... »

Yves se permit alors, sur « les vaincus de 70 », une insolence dont la grossièreté même le dégrisa. Blanche Frontenac s'était levée :

« Il insulte son oncle, maintenant ! Sors d'ici. Que je ne te revoie plus ! »

Il traversa la salle de billard, descendit le perron. L'air brûlant s'ouvrit et se referma sur lui. Il s'enfonçait dans le parc figé. Des nuées de mouches ronflaient sur place, les taons se collaient à sa chemise. Il n'éprouvait aucun remords, mais était humilié d'avoir perdu la tête, d'avoir battu les buissons au hasard. Il aurait fallu rester froid, s'en tenir à l'objet de la dispute. Ils avaient raison, il n'était qu'un enfant... Ce qu'il avait dit à l'oncle était horrible et ne lui serait jamais pardonné. Comment rentrer en grâce ? L'étrange était qu'à ses yeux, ni sa mère, ni son oncle ne sortaient amoindris du débat. Bien qu'il fût trop jeune encore, pour se mettre à leur place, pour entrer dans leurs raisons, Yves ne les jugeait pas : maman, oncle Xavier demeuraient sacrés, ils faisaient partie de son enfance, pris dans une masse de poésie à laquelle il ne leur appartenait pas d'échapper. Quoi qu'ils pussent dire ou faire, songeait Yves, rien ne les séparerait du mystère de sa propre vie. Maman et oncle Xavier blasphémaient en vain contre l'esprit, l'esprit résidait en eux, les illuminait à leur insu.

Yves revint sur ses pas ; l'orage ternissait le ciel mais se retenait de gronder ; les cigales ne chantaient plus ; les prairies seules vibraient follement. Yves avançait en secouant la tête comme un poulain, sous la ruée des mouches plates qui se laissaient écraser contre son cou et sa face. « Vaincu de 1870... » Il n'avait pas voulu être méchant ; les enfants avaient souvent plaisanté, devant oncle Xavier, de ce que ni lui, ni Burthe, engagés volontaires, n'avaient jamais vu le moindre Prussien. Mais cette fois, la plaisanterie avait eu un tout autre sens. Il gravit lentement le perron, s'arrêta dans le vestibule. Personne encore n'avait quitté le petit salon. Oncle Xavier parlait : « ... A la veille de rejoindre mon corps, je voulus embrasser une dernière fois mon frère Michel ; je sautai le mur de la caserne et me cassai la jambe. A l'hôpital, on me mit avec les varioleux. J'y aurais laissé ma peau... Ton pauvre père qui ne connaissait personne à Limoges fit tant de démarches qu'il arriva à me tirer de là. Pauvre Michel ! Il avait en vain essayé de s'engager (c'était l'année de sa pleurésie)... Il demeura des mois dans cet affreux Limoges où il ne pouvait me voir qu'une heure par jour... »

Oncle Xavier s'interrompit : Yves avait paru sur le seuil du petit salon ; il vit se tourner vers lui la figure bilieuse de sa mère, les yeux inquiets de Jean-Louis ; oncle Xavier ne le regardait pas. Yves désespérait de trouver aucune parole ; mais l'enfant, qu'il était encore, vint à son secours : d'un brusque élan, il se jeta au cou de son oncle sans rien dire, et il l'embrassait en pleurant ; puis il vint à sa mère, s'assit sur ses genoux, cacha sa figure, comme autrefois, entre l'épaule et le cou :

« Oui, mon petit, tu as de bons retours... Mais il faudrait te dominer, prendre sur toi... »

Jean-Louis s'était levé et rapproché de la fenêtre ouverte pour qu'on ne vît pas ses yeux pleins de larmes. Il tendit la main au-dehors et dit qu'il avait senti une goutte. Tout cela ne servait pas sa cause. L'immense réseau de la pluie se rapprochait, comme un filet qui l'eût rabattu dans ce petit salon enfumé – rabattu à jamais.

Il ne pleuvait plus. Jean-Louis et Yves suivirent l'allée vers le gros chêne.

« Tu ne vas pas lâcher, Jean-Louis ? »

Il ne répondit pas. Les mains dans les poches, la tête basse, il poussait du pied une pomme de pin. Et comme son frère insistait, il dit d'une voix faible :

« Ils affirment que c'est un devoir envers vous tous. D'après eux, José seul ne saurait pas faire sa place dans la Maison. Lorsque je serai à la tête de l'affaire, il pourra y entrer, lui aussi... Et ils croient que toi-même tu seras trop heureux, un jour, de m'y rejoindre... Ne te fâche pas... Ils ne comprennent pas qui tu es... Crois-tu qu'ils vont jusqu'à prévoir que peut-être Danièle et Marie épouseront des types sans situation...

– Ah ! ils voient les choses de loin, s'écria Yves (furieux parce qu'on le croyait capable de finir, lui aussi, devant le râtelier commun). Ah ! ils ne laissent rien au hasard, ils organisent le bonheur de chacun ; ils ne comprennent pas qu'on veuille être heureux d'une autre manière...

– Il ne s'agit pas de bonheur, pour eux, dit Jean-Louis, mais d'agir en vue du bien commun et dans l'intérêt de la famille. Non, il ne s'agit pas de bonheur... As-tu remarqué ? C'est un mot qui ne sort jamais de leur bouche... Le bonheur... J'ai toujours vu à maman cette figure pleine de tourment et d'angoisse... Si papa avait vécu, je pense que ç'eût été pareil... Non, pas le bonheur ; mais le devoir... une certaine forme du devoir, devant laquelle ils n'hésitent jamais... Et le terrible, mon petit, c'est que je les comprends. »

Ils avaient pu atteindre le gros chêne avant la pluie. Ils entendaient l'averse contre les feuilles. Mais le vieil arbre vivant les couvait sous ses frondaisons plus épaisses que des plumes. Yves, avec un peu d'emphase, parlait du seul devoir : envers ce que nous portons, envers notre œuvre. Cette parole, ce secret de Dieu déposé en nous et qu'il faut délivrer... Ce message dont nous sommes chargés...

« Pourquoi dis-tu « nous » ? Parle pour toi, mon petit Yves. Oui, je crois que tu es un messager, que tu détiens un secret... Mais comment notre mère et oncle Xavier le sauraient-ils ? En ce qui me concerne, je crains qu'ils n'aient raison : professeur, je ne ferais rien que d'expliquer la pensée des autres... C'est déjà plus beau que tout, c'est une œuvre qui vaut mille fois qu'on y use sa vie, mais... »

Stop jaillit d'un buisson, courut vers eux, la langue pendante ; José ne devait pas être loin. Yves parlait comme à un homme au chien couvert de boue :

« Tu viens du marais, hein, mon vieux ? »

José sortit à son tour du fourré. Il montrait en riant son carnier vide. Il avait battu le marais de la Téchoueyre, toute la matinée.

« Rien ! des râles qui se levaient au diable... J'ai vu tomber deux poules d'eau, mais je n'ai pas pu les retrouver... »

Il ne s'était pas rasé, le matin ; une jeune barbe drue noircissait ses joues enfantines.

« Il paraît qu'il y a un sanglier du côté de Biourge. »

Le soir, la pluie avait cessé. Longtemps, après dîner, sous une lune tardive, Yves vit aller et venir Jean-Louis encadré par sa mère et par l'oncle. Il observait ces trois ombres qui s'enfonçaient dans l'allée gravée : puis le groupe noir surgissait des pins dans le clair de lune. La voix vibrante de Blanche dominait, coupée, parfois, par le timbre plus aigu et aigre de Xavier. Jean-Louis demeurait muet ; Yves le sentait perdu ; il était pris dans cet étau ; il n'avait pas de défense... « Moi, ils ne m'auront pas... » Mais en même temps qu'il s'excitait contre les siens, Yves savait obscurément que lui, lui seul, s'attachait follement à l'enfance. Le roi des Aulnes ne l'attirait pas dans un royaume inconnu – ah ! trop connu, était ce royaume ! Les aulnes, d'où s'élève la voix redoutablement douce, s'appellent des vergnes, au pays des Frontenac, et leurs branches y caressent un ruisseau dont ils sont seuls à connaître le nom. Le roi des Aulnes n'arrache pas les enfants Frontenac à leur enfance, mais il les empêche d'en sortir ; il les ensevelit dans leur vie morte ; il les recouvre de souvenirs adorés et de feuilles pourries.

« Je te laisse avec ton oncle », dit Blanche à Jean-Louis.

Elle passa tout près d'Yves sans le voir ; et il l'observait. La lune éclairait la figure tourmentée de sa mère. Elle se croyait seule et avait glissé une main dans son corsage, elle s'inquiétait de cette glande... On avait beau lui répéter que ce n'était rien... Elle tâtait cette glande. Il fallait qu'avant sa mort, Jean-Louis devînt le chef de Maison, le maître de la fortune, le protecteur de ses cadets. Elle priait pour sa couvée ; ses yeux levés au ciel voyaient Notre-Dame du Perpétuel Secours dont elle entretenait la lampe à la cathédrale, étendre, sur les enfants Frontenac, son manteau.

« Ecoute, mon petit, disait oncle Xavier à Jean-Louis, je te parle comme à un homme, je n'ai pas fait mon devoir envers vous ; j'aurais dû occuper dans la Maison la place laissée vide par ton père. Tu dois réparer ma faute... Non, ne proteste pas... Tu dis que rien ne m'y obligeait ? Tu as assez l'esprit de famille, pour comprendre que j'ai déserté. Tu vas renouer la chaîne rompue par ma faute. Ce n'est pas ennuyeux que de diriger une maison puissante où tes frères pourront s'abriter, peut-être les maris de tes sœurs, et plus tard vos enfants... Nous désintéresserons peu à peu Dussol... Ça ne t'empêchera pas de te tenir au courant de ce qui paraît. Ta culture te servira... Je lisais, justement, un article dans *Le Temps* où l'on démontrait que le grec et le latin, enfin les Humanités préparent les grands capitaines d'industrie... »

Jean-Louis n'écoutait pas. Il savait qu'il était vaincu. Il aurait toujours fini par rendre les armes, mais il connaissait l'argument qui avait eu d'abord raison de lui : un mot de sa mère, tout à l'heure. « En même temps que Dussol, nous pourrons inviter les Cazavieilh... » Et un instant après, elle avait ajouté : « Ton service militaire fini, rien ne t'empêcherait de te marier, si tu en avais le désir... »

C'était oncle Xavier qui marchait près de lui, dans une odeur de cigare. Mais un soir, ce serait une jeune fille un peu forte... Il pourrait devancer l'appel, se marier à vingt et un ans. Plus que deux années à attendre, et un soir, selon les rites, il ferait le tour du parc de Bourideys dans les ténèbres, avec Madeleine. Et soudain, la joie des noces le fit trembler de la base au faîte. Il respirait vite, il flairait le vent qui avait passé sur les chênes de Léojats, qui avait enveloppé la maison blanche de lune, et gonflé les rideaux de cretonne d'une chambre où Madeleine, peut-être, ne dormait pas.

XI

« C'EST une voiture Fouillaron... Je suis venu en trois heures de Bordeaux : soixante-dix kilomètres... pas une anicroche... »

Les invités de Mme Frontenac entouraient Arthur Dussol, encore enveloppé d'un cache-poussière gris. Il enleva ses lunettes de chauffeur. Il souriait, les yeux à demi clos ; Cazavieilh, penché sur la voiture, avec un air de méfiance et de respect, cherchait une question à poser.

« Elle est à poulies extensibles », disait Dussol. Et Cazavieilh :

« Oui, le dernier cri !

– Le tout dernier cri. Moi, vous savez (et Dussol riait doucement), je n'ai jamais été un retardataire.

– On n'a qu'à voir vos scieries transportables... Et quelles sont les caractéristiques de cette nouvelle voiture ?

– Il y a encore peu de temps, professa Dussol, la retransmission se faisait aux roues par des chaînes. Maintenant, il n'y a plus que deux poulies extensibles.

– C'est admirable, dit Cazavieilh. Plus que deux poulies extensibles ?

– Et naturellement, leur liaison : la chaîne-courroie. Imaginez deux cônes sans articulation... »

Madeleine Cazavieilh entraîna Jean-Louis. José, passionné, interrogea M. Dussol au sujet des vitesses.

« On peut varier l'allure à l'infini, au moyen d'un simple levier (et M. Dussol, la tête rejetée, avec une expression de gravité presque religieuse, semblait prêt à soulever le monde). Comme dans les machines à vapeur ! » ajouta-t-il.

Dussol et Cazavieilh s'éloignèrent à petits pas ; et Yves les suivait, attiré par leur importance, par cette satisfaction qui ruisselait d'eux. Parfois, ils s'arrêtaient devant un pin, le mesuraient de l'œil et discutaient sur sa hauteur probable, cherchaient à deviner son diamètre.

« Voyons, Cazavieilh, combien estimez-vous... »

Cazavieilh citait un chiffre. Le rire de Dussol secouait un ventre qui semblait surajouté à sa personne, qui n'avait pas l'air vrai.

« Vous en êtes loin ! »

Et il tirait un mètre de sa poche, mesurait le tronc. Et, triomphant :

« Tenez ! avouez que je ne me suis pas trompé de beaucoup...

– Savez-vous ce qu'on peut tirer de bois d'un arbre de cette taille ? »

Dussol, méditatif, contemplait le pin. Cazavieilh demeurait muet, dans l'attitude du respect. Il attendait la réponse de l'augure. Dussol prit son calepin et se livra à des calculs. Enfin, il cita un chiffre.

« Je n'aurais pas cru, dit Cazavieilh.

– C'est admirable...

– Mon coup d'œil me sert dans les marchés... »

Yves revint vers la maison. Une odeur inaccoutumée de sauces et de truffes pénétrait ce beau matin de septembre. Il rôda autour des cuisines. Le maître d'hôtel s'irritait parce qu'on avait oublié de décanter un vin. Yves traversa la salle à manger. La petite Dubuch serait placée entre lui et José. Il relut le menu : *lièvre à la Villafranca, passage de mûriers...* Il sortit de nouveau, alla vers les communs où Dussol, le mètre à la main, accroupi, mesurait l'écartement des roues d'un tilbury.

« Qu'est-ce que je vous disais ? Il s'en faut de beaucoup que votre tilbury soit à la voie... J'ai vu ça du premier coup d'œil... Vous ne me croyez pas ? Tenez, mesurez vous-même. »

A son tour, Cazavieilh se baissa, auprès de Dussol ; et Yves considérait avec stupeur ces deux fessiers énormes. Ils se relevèrent, cramoisis.

« C'est ma foi vrai, Dussol ! Vous êtes extraordinaire ! »

Un petit rire rentré secouait Dussol. Il crevait de contentement et de complaisance. On ne voyait plus ses yeux : il en avait juste ce qu'il fallait pour mesurer le profit à tirer des êtres et des choses.

Les deux hommes remontaient vers la maison. Parfois, ils faisaient halte, se dévisageaient comme s'ils eussent dû résoudre quelque problème éternel, puis ils repartaient. Et soudain Yves, immobile au milieu de l'allée, fut envahi par un désir à la fois horrible et enivrant : tirer dessus, en traître, par-derrière. Pan ! dans la nuque, et ils s'effondreraient. Un coup double : pan ! pan ! Que n'était-il empereur, roi nègre...

« Je suis un monstre », dit-il à haute voix.

Le maître d'hôtel, du haut du perron, cria :

« Madame est servie.

– Mais oui, naturellement, avec les doigts... »
Ils dévoraient des écrevisses. Les carapaces craquaient ; ils suçaient avec application, partagés entre le désir de n'en pas laisser, et celui de montrer de bonnes manières. Yves observait de tout près le bras grêle et brun de la petite Dubuch, un bras d'enfant, rattaché à une épaule ronde et pourtant immatérielle. Il n'osait regarder que furtivement le visage où les yeux tenaient trop de place. Les ailes du nez étaient vraiment des ailes. Par la bouche seule, trop épaisse et pas assez rouge, cet ange se rattachait à l'humain. On disait que c'était dommage qu'elle eût si peu de cheveux ; mais sa coiffure (une raie médiane et deux macarons sur les oreilles) dévoilait cette beauté que le monde a mis du temps à découvrir : le galbe d'une tête bien faite, le dessin d'une nuque. Yves se rappela, dans son histoire ancienne, les reproductions de bas-reliefs égyptiens. Et il avait tant de joie à regarder cette jeune fille qu'il ne cherchait pas à lui parler. Au début du repas, il lui avait dit qu'à la campagne, elle devait avoir le temps de lire ; elle avait à peine répondu, et maintenant, elle s'entretenait de chasse et de cheval avec José. Yves qui avait toujours vu son frère mal peigné, mal tenu, « l'enfant des bois », comme il l'appelait, remarqua pour la première fois sa chevelure cosmétiquée, ses joues brunes échauffées par le rasoir, ses dents éclatantes. Mais surtout, il parlait, lui qui, en famille, n'avait jamais rien à dire, il faisait rire sa voisine ; elle s'engouait : « Que vous êtes bête ! Si vous croyez que c'est spirituel ! »
José ne la perdait guère des yeux, avec une expression de gravité où Yves ne savait pas reconnaître le désir. Pourtant, il se rappela que leur mère souvent répétait : « José... celui-là sera à sur-

veiller... Il me donnera du fil à retordre... » Il courait les foires et les fêtes de village. Yves le trouvait sot de s'amuser encore des loteries et des chevaux de bois. Mais à la dernière fête, il avait découvert que son frère se moquait des manèges et dansait avec les métayères.

Et soudain, Yves se sentit triste. Bien sûr, la petite Dubuch, qui avait dix-sept ans, n'attachait aucune importance à José. Tout de même, elle consentait à rire avec lui. Il régnait entre eux une entente, qui n'était pas seulement dans les paroles ; une entente au-delà de leur volonté, un accord du sang. Yves crut qu'il était jaloux et en éprouva de la honte. Au vrai, il se sentait isolé, mis de côté. Il ne se disait pas : « Moi aussi, un jour... bientôt peut-être... »

A l'autre bout de la table, Jean-Louis et Madeleine Cazavieilh montraient la figure qu'ils auraient à leur repas de fiançailles. Yves, qui vidait tous ses verres, voyait dans une brume, à l'extrémité de ce double rang de faces congestionnées, son frère aîné comme dans une fosse où il eût été pris à jamais. Et à ses côtés, la belle femelle qui avait servi d'appeau, se reposait, sa tâche accomplie. Elle n'était point si épaisse que la voyait Yves. Elle avait renoncé aux boléros. Une robe de mousseline blanche découvrait ses beaux bras et son cou pur. A la fois épanouie et virginale, elle était paisible, elle attendait. Parfois, ils échangeaient des paroles qu'Yves aurait voulu surprendre, et dont l'insignifiance l'eût étonné. « Toute la vie devant nous, songeait Jean-Louis, pour nous expliquer... » Ils parlaient des mûriers qui leur étaient servis et qu'on avait eu beaucoup de peine à se procurer, de la chasse à la palombe, des appeaux qu'il faudrait bientôt monter, car les ramiers, qui précèdent les palombes, ne tarderaient pas. Toute la vie pour expliquer à Madeleine... Expliquer quoi ? Jean-Louis ne se doutait pas que les années passeraient, qu'il traverserait mille drames, qu'il aurait des enfants, qu'il en perdrait deux, qu'il gagnerait une fortune énorme, et, au déclin de sa vie, elle s'écroulerait, mais, à travers tout, les deux époux continueraient d'échanger des propos aussi simples que ceux qui leur suffisaient à cette aube de leur amour, au long de ce déjeuner interminable, où les compotiers bourdonnaient de guêpes, où la bombe glacée s'affaissait dans son jus rose.

Et Yves contemplait ce pauvre bonheur de Jean-Louis et de Madeleine avec mépris et avec envie. Pas une fois, la petite Dubuch ne s'était tournée vers lui. José, le gros mangeur de la famille, oubliait de se resservir, mais, comme Yves, il vidait tous ses verres. Une rosée de sueur perlait à son front. Tels étaient les yeux de la petite Dubuch que lorsqu'elle les arrêtait sur un indifférent, il s'imaginait que cette lumière merveilleuse brillait à son intention. Ainsi José ensorcelé décidait, dans son cœur, qu'il se promènerait tout à l'heure avec la jeune fille.

« Vous viendrez voir ma palombière avant de partir ? Promettez-moi...

– Celle du Maryan ? Vous êtes fou ? Il y a plus d'une demi-heure de marche.

– On serait tranquille pour causer...

– Oh ! ça suffit comme cela, vous avez dit assez de bêtises ! »

Et brusquement, elle tourna vers Yves ses yeux pleins de lumière.

« C'est long, ce déjeuner. »

Yves, ébloui, aurait voulu élever les mains devant sa figure. Eperdu, il cherchait ce qu'il fallait répondre. On avait passé les petits fours. Il regarda sa mère qui oubliait de se lever, ayant une de ces absences à quoi elle était sujette dans le monde. L'œil égaré, elle avait glissé deux doigts dans son corsage, et tandis que le curé lui racontait ses démêlés avec le maire, elle pensait à l'agonie, à la mort, au jugement de Dieu, au partage des propriétés.

XII

SOUS les chênes le café et les liqueurs attiraient les hommes repus. Dussol avait pris à part oncle Xavier, et Blanche Frontenac les suivait d'un œil inquiet. Elle craignait que son beau-frère ne se laissât rouler. Yves contourna la maison, prit une allée déserte qui rejoignait le gros chêne. Il n'eut pas besoin de marcher longtemps pour ne plus entendre les éclats de voix, pour ne plus sentir l'odeur des cigares. La nature sauvage commençait tout de suite ; déjà les arbres ne savaient plus qu'il y avait eu du monde à déjeuner.

Yves franchit un fossé ; il était un peu ivre (pas autant qu'il le craignait, car il avait fameusement bu). Son repaire, sa bauge l'attendait : des ajoncs, que les Landais appellent des jaugues, des fougères hautes comme des corps humains, l'enserraient, le protégeaient. C'était l'endroit des larmes, des lectures défendues, des paroles folles, des inspirations, de là qu'il interpellait Dieu, qu'il le priait et le blasphémait tour à tour. Plusieurs jours s'étaient écoulés depuis sa dernière venue ; déjà, dans le sable non foulé, les fourmis-lions avaient creusé leurs petits entonnoirs. Yves prit une fourmi et la jeta dans l'un d'eux. Elle essayait de grimper, mais les parois mouvantes se défaisaient sous elle, et déjà, du fond de l'entonnoir, le monstre lançait du sable. A peine la fourmi exténuée avait-elle atteint le bord de l'abîme qu'elle glissait de nouveau. Et soudain, elle se sentit prise par une patte. Elle se débattait, mais le monstre l'entraînait lentement sous la terre. Supplice effroyable. A l'entour, les grillons vibraient dans le beau jour calme. Des libellules hésitaient à se poser ; les bruyères roses et rousses, pleines d'abeilles, sentaient déjà le miel. Yves ne voyait plus s'agiter au-dessus du sable que la tête de la fourmi et deux petites pattes désespérées. Et cet enfant de seize ans, penché sur ce mystère minuscule, se posait le problème du mal. Cette larve qui crée ce piège et qui a besoin, pour vivre et pour devenir papillon, d'infliger à des fourmis cette atroce agonie ; la remontée terrifiée de l'insecte hors de l'entonnoir, les rechutes et le monstre qui le happe... Ce cauchemar faisait partie du Système... Yves prit une aiguille de pin, déterra le fourmi-lion, petite larve molle et désormais impuissante. La fourmi délivrée reprit sa route avec le même affairement que ses compagnes, sans paraître se souvenir de ce qu'elle avait subi — sans doute parce que c'était naturel, parce que c'était selon la nature... Mais Yves était là, avec son cœur, avec sa souffrance, dans un nid de jaugues. Eût-il été le seul humain respirant à la surface de la terre, il suffisait à détruire la nécessité aveugle, à rompre cette chaîne sans fin de monstres tour à tour dévorants et dévorés ; il pouvait la briser, le moindre mouvement d'amour la brisait. Dans l'ordre affreux du monde, l'amour introduisait son adorable bouleversement. C'est le mystère du Christ et de ceux qui imitent le Christ. « Tu es choisi pour cela... Je t'ai choisi pour tout déranger... » L'enfant dit à haute voix : « C'est moi-même qui parle... » (et il appuya ses deux mains sur son visage transpirant). C'est toujours nous-même qui parlons à nous-même... Et il essaya de ne plus penser. Très haut dans l'azur, au sud, un vol de ramiers surgit et il les suivit de l'œil jusqu'à ce qu'il les eût perdus. « Tu sais bien qui je suis, disait la voix intérieure, Moi qui t'ai choisi. » Yves, accroupi sur ses souliers, prit une poignée de sable, et la jeta dans le vide ; et il répétait, l'air égaré : « Non ! non ! non ! »

« Je t'ai choisi, je t'ai mis à part des autres, je t'ai marqué de mon signe. »

Yves serra les poings : c'était du délire, disait-il, d'ailleurs il était pris de vin. Qu'on le laisse tranquille, il ne demande rien. Il veut être un garçon de son âge, pareil à tous les garçons de son âge. Il saurait bien échapper à sa solitude.

« Toujours je la recréerai autour de toi.

– Ne suis-je pas libre ? Je suis libre ! » cria-t-il.

Il se tint debout et son ombre remuait sur les fougères.

« Tu es libre de traîner dans le monde un cœur que je n'ai pas créé pour le monde ; – libre de chercher sur la terre une nourriture qui ne t'est pas destinée ; – libre d'essayer d'assouvir une faim qui ne trouvera rien à sa mesure : toutes les créatures ne l'apaiseraient pas, et tu courras de l'une à l'autre... »

« Je me parle à moi-même, répète l'enfant, je suis comme les autres, je ressemble aux autres. »

Ses oreilles sifflaient ; le désir de sommeil l'étendit dans le sable et il appuya sur son bras replié sa tête. Le frémissement d'un bourdon l'entoura, puis s'éloigna, se perdit dans le ciel. Le vent d'est apportait l'odeur des fours à pain et des scieries. Il ferma les yeux. Des mouches s'acharnaient contre sa figure qui avait le goût du sel et, d'un geste endormi, il les chassait. Cet adolescent, couché sur la terre, ne troublait pas les grillons du soir ; un écureuil descendit du pin le plus proche pour aller boire au ruisseau et passa tout près de ce corps d'homme. Une fourmi, peut-être celle qu'il avait délivrée, grimpa le long de sa jambe ; d'autres suivirent. Combien de temps aurait-il fallu qu'il demeurât immobile pour qu'elles s'enhardissent jusqu'au dépècement ?

La fraîcheur du ruisseau le réveilla. Il sortit du fourré. De la résine souillait sa veste. Il enleva les aiguilles de pin prises dans ses cheveux. Le brouillard des prairies envahissait peu à peu les bois et ce brouillard ressemblait à l'haleine d'une bouche vivante lorsqu'il fait froid. Au tournant de l'allée, Yves se trouva en face de sa mère qui récitait son chapelet. Elle avait jeté un vieux châle violet sur sa robe d'apparat. Un jabot de dentelles « de toute beauté », avait-elle coutume de dire, ornait le corsage. Une longue chaîne d'or et de perles fines était retenue par une broche : des initiales énormes, un B et un F entrelacés.

« D'où sors-tu ? On t'a cherché... Ce n'était guère poli. »

Il prit le bras de sa mère, se pressa contre elle :

« J'ai peur des gens, dit-il.

– Peur de Dussol ? de Cazavieilh ? Tu es fou, mon pauvre drôle.

– Maman, ce sont des ogres.

– Le fait est, dit-elle rêveusement, qu'ils n'ont guère laissé de restes.

– Crois-tu que dans dix ans, il restera quelque chose de Jean-Louis ? Dussol va le dévorer peu à peu.

– Diseur de riens ! »

Mais le ton de Blanche Frontenac exprimait la tendresse :

« Comprends-moi, mon chéri... J'ai hâte de voir Jean-Louis établi. Son foyer sera votre foyer ; lorsqu'il sera fondé, je m'en irai tranquille.

– Non, maman !

– Tiens, tu vois ? Je suis obligée de m'asseoir. »

Elle s'affaissa sur le banc du vieux chêne. Yves la vit glisser une main dans son corsage.

« Tu sais bien que ce n'est pas de mauvaise nature, Arnozan t'a cent fois rassurée...

– On dit ça... D'ailleurs, il y a ce rhumatisme au cœur... Vous ne savez pas ce que j'éprouve. Fais-toi à cette idée, mon enfant ; il faut te faire à cette idée... Tôt ou tard... »

De nouveau, il se serra contre sa mère et prit dans ses deux mains cette grande figure ravagée.

« Tu es là, dit-il, tu es toujours là. »

Elle le sentit frémir contre elle et lui demanda s'il avait froid. Elle le couvrit de son châle violet. Ils étaient enveloppés tous deux dans cette vieille laine.

« Maman, ce châle... tu l'avais déjà l'année de ma première communion, il a toujours la même odeur.

– Ta grand-mère l'avait rapporté de Salies. »

Une dernière fois, peut-être, comme un petit garçon, Yves se blottit contre sa mère vivante qui pouvait disparaître d'une seconde à l'autre. La Hure continuerait de couler dans les siècles des siècles. Jusqu'à la fin du monde, le nuage de cette prairie monterait vers cette première étoile.

« Je voudrais savoir, mon petit Yves, toi qui connais tant de choses... au ciel, pense-t-on encore à ceux qu'on a laissés sur la terre ? Oh ! je le crois ! je le crois ! répéta-t-elle avec force. Je n'accueille aucune pensée contre la Foi... mais comment imaginer un monde où vous ne seriez plus tout pour moi, mes chéris ? »

Alors, Yves lui affirma que tout amour s'accomplirait dans l'unique Amour, que toute tendresse serait allégée et purifiée de ce qui l'alourdit et de ce qui la souille... Et il s'étonnait des paroles qu'il prononçait. Sa mère soupira à mi-voix :

« Qu'aucun de vous ne se perde ! »

Ils se levèrent et Yves était plein de trouble, tandis que la vieille femme apaisée s'appuyait à son bras.

« Je dis toujours : vous ne connaissez pas mon petit Yves ; il fait la mauvaise tête, mais de tous mes enfants, il est le plus près de Dieu...

— Non, maman, ne dis pas ça, non ! non ! »

Brusquement, il se détacha d'elle.

« Qu'est-ce que tu as ? Mais qu'est-ce qu'il a ? »

Il la précédait, les mains dans les poches, les épaules soulevées ; et elle s'essoufflait à le suivre.

Après le dîner, Mme Frontenac, fatiguée, monta dans sa chambre. Comme la nuit était claire, les autres membres de la famille se promenèrent dans le parc, mais non plus en bande : déjà la vie dispersait le groupe serré des garçons. Jean-Louis croisa Yves au tournant d'une allée, et ils ne s'arrêtèrent pas. L'aîné préférait demeurer seul pour penser à son bonheur ; il n'avait plus le sentiment d'une diminution, d'une chute ; certains propos de Dussol, touchant les ouvriers, avaient réveillé dans le jeune homme des préoccupations encore confuses : il ferait du bien, malgré son associé, il aiderait à promouvoir l'ordre social chrétien. Il ne se paierait pas de mots, agirait dans le concret. Quoi qu'Yves en pût penser, cela l'emportait sur toutes les spéculations. Le moindre mouvement de charité est d'un ordre infiniment plus élevé...

Jean-Louis ne pourrait être heureux s'il faisait travailler des malheureux... « les aider à construire un foyer à l'image du mien... ». Il vit luire le cigare d'oncle Xavier. Ils marchèrent quelque temps côte à côte.

« Tu es content, mon petit ? Eh bien ? Qu'est-ce que je te disais ! »

Jean-Louis n'essayait pas d'expliquer à l'oncle les projets qui l'emplissaient d'enthousiasme ; et l'oncle ne pouvait lui dire sa joie de rentrer à Angoulême... Il dédommagerait Joséfa à peu de frais... Peut-être doublerait-il son mois... Il lui dirait : « Tu vois, si nous avions fait ce voyage, il serait déjà fini... »

« D'abord, songeait Jean-Louis, avant tout apostolat, les réformes essentielles : la participation aux bénéfices. » Il allait orienter toutes ses lectures de ce côté-là.

Dans le clair de lune, ils virent José traverser l'allée d'un fourré à l'autre. Ils entendirent, sous son passage, craquer les branches. Où courait-il, cet enfant Frontenac, ce petit renard qu'on aurait pu suivre à la piste ? Le plus proche de l'instinct, à cette heure nocturne, mâle déshérité et qui était assuré de ne trouver nulle part celle qu'il cherchait. Pourtant, il foulait les feuilles sèches, déchirait ses mains aux jaugues, jusqu'à ce qu'il eût atteint la métairie de Bourideys qui touche le parc. Un chien gronda sous la treille, la fenêtre de la cuisine était ouverte. La famille entourait la table qu'éclairait une lampe Pigeon. José voyait de profil la fille mariée, celle qui portait, sur un cou puissant, une tête petite. Il ne la perdait pas de vue, il mâchait une feuille de menthe.

Yves, cependant, achevait son troisième tour de parc. Il ne sentait pas encore la fatigue qui, tout à l'heure, le jetterait anéanti sur son traversin. Au dîner, il avait vidé les fonds de bouteille de la fête, et son esprit, merveilleusement lucide, faisait le bilan de cette journée et échafaudait une doctrine que Jean-Louis n'était plus digne de connaître. Sa demi-ivresse lui donnait, à bon compte, la sensation du génie : il ne choisirait pas, rien ne l'obligerait au choix : il avait eu tort de dire « non » à cette voix exigeante qui était peut-être celle de Dieu. Il n'opposerait à personne aucun refus. Ce serait là son drame d'où naîtrait son œuvre ; elle serait l'expression d'un déchirement. Ne rien refuser, ne se refuser à rien. Toute douleur, toute passion engraisse l'œuvre, gonfle le poème. Et parce que le poète est déchiré, il est aussi pardonné : « *Je sais que Vous gardez une place au poète – dans les rangs bienheureux des saintes légions...* » Sa voix monotone eût fait frémir l'oncle Xavier, tant elle rappelait celle de Michel Frontenac.

Blanche avait cru qu'elle s'endormirait, sa bougie à peine éteinte, si grande était sa lassitude. Mais elle entendait sur le gravier les pas de ses enfants. Il faudrait envoyer de l'argent à l'homme d'affaires de Respide. Il faudrait demander le solde de son compte au Crédit Lyonnais. Bientôt le terme d'octobre. Heureusement, il y avait les immeubles. Mais, mon Dieu ! qu'importait tout cela ? Et elle touchait sa glande, elle épiait son cœur.

Et aucun des Frontenac, cette nuit-là, n'eut le pressentiment qu'avec ces grandes vacances, une ère finissait pour eux ; que déjà elles avaient été toutes mêlées de passé et qu'en se retirant, elles entraînaient à jamais les plaisirs simples et purs et cette joie qui ne souille pas le cœur.

Yves seul avait conscience d'un changement,

mais c'était pour se forger plus d'illusions que tous les autres. Il se voyait au seuil d'une vie brûlante d'inspiration, d'expériences dangereuses. Or, il entrait, à son insu, dans une ère morne ; pendant quatre années, les soucis d'examens le domineraient ; il glisserait aux compagnies les plus médiocres ; le trouble de l'âge, de pauvres curiosités le rendraient l'égal de ses camarades et leur complice. Le temps était proche où le grand problème à résoudre serait d'obtenir de sa mère la clef de l'entrée et le droit de rester dehors après minuit. Il ne serait pas malheureux. Parfois, à de longs intervalles, comme d'un être enseveli, un gémissement monterait du plus profond de lui-même ; il laisserait s'éloigner les camarades ; et seul, à une table du *Café de Bordeaux,* parmi les chardons et les femmes mafflues des mosaïques modern style, il écrirait d'un jet, sur le papier à en-tête, sans prendre le temps de former ses lettres, de peur de perdre une seule de ces paroles qui ne nous sont soufflées qu'une fois. Il s'agirait alors d'entretenir la vie d'un autre lui-même qu'à Paris, déjà, quelques initiés portaient aux nues. Un si petit nombre, en vérité, qu'Yves mettrait bien des années à se rendre compte de son importance, à mesurer sa propre victoire. Provincial, respectueux des gloires établies, il ignorerait longtemps encore qu'il est une autre gloire : celle qui naît obscurément, fraie sa route comme une taupe, ne sort à la lumière qu'après un long cheminement souterrain.

Mais une angoisse l'attendait, et comment Yves Frontenac en eût-il pressenti l'horreur, à la fenêtre de sa chambre, en cette nuit de septembre humide et douce ? Plus sa poésie rallierait de cœurs, et plus il se sentirait appauvri ; des êtres boiraient de cette eau dont il devait être seul à voir la source se tarir. Ce serait la raison de cette méfiance de soi, de cette dérobade à l'appel de Paris, de la longue résistance opposée au directeur de la plus importante des revues d'avant-garde, et enfin de son hésitation à réunir ses poèmes en volume.

Yves, à sa fenêtre, récitait sa prière du soir devant les cimes confuses de Bourideys et devant la lune errante. Il attendait tout, il appelait tout, et même la souffrance, mais non cette honte de survivre pendant des années à son inspiration ; d'entretenir par des subterfuges sa gloire. Et il ne prévoyait pas que ce drame, il l'exprimerait, au jour le jour, dans un journal qui serait publié après une grande guerre ; il s'y résignerait, n'ayant plus rien écrit, depuis des années. Et ces pages atroces sauveraient la face ; elles feraient plus pour sa gloire que ses poèmes ; elles enchanteraient et troubleraient heureusement une génération de désespérés. Ainsi, dans cette nuit de septembre, peut-être Dieu voyait-il sortir de ce petit bonhomme rêveur, devant les pins endormis, un étrange enchaînement de conséquences ; et l'adolescent, qui se croyait orgueilleux, était bien loin de mesurer l'étendue de son pouvoir, et ne se doutait pas que le destin de beaucoup serait différent de ce qu'il eût été sur la terre et dans le ciel, si Yves Frontenac n'était jamais né.

DEUXIÈME PARTIE

Que les oiseaux et les sources sont loin ! Ce ne peut être que la fin du monde, en avançant.

RIMBAUD

XIII

« Cinq mille francs de dettes en trois mois ! Avions-nous jamais vu ça de notre temps, Dussol ?

– Non, Caussade. Nous avions le respect de l'argent ; nous savions le mal que s'étaient donné nos chers parents. On nous avait élevés dans le culte de l'Epargne. « Ordre, travail, économie », c'était la devise de mon admirable père. »

Blanche Frontenac les interrompit :

« Il ne s'agit pas de vous, mais de José. »

Elle regrettait, maintenant, de s'être confiée à Dussol et à son beau-frère. Quand Jean-Louis avait découvert le pot aux roses, il avait fallu mettre Dussol au courant, parce que José s'était servi du crédit de la Maison. Dussol avait exigé qu'on réunît un conseil de famille. Mme Frontenac et Jean-Louis s'opposèrent à ce qu'oncle Xavier fût averti : il avait une maladie de cœur que ce coup risquait d'aggraver. Mais pourquoi, se demandait Blanche, avoir mêlé à cette affaire Alfred Caussade ? Jean-Louis le regrettait comme elle.

Le jeune homme était assis en face de sa mère – un peu affaissé par la vie de bureau, le front déjà dégarni, bien qu'il eût à peine vingt-trois ans.

« Faut-il que ce garçon soit stupide..., disait Alfred Caussade. Il paraît que tous les autres ont eu cette fille pour rien... Vous l'avez vue, Dussol ?

– Oui, un soir... Oh ! pas pour mon plaisir. Mme Dussol voulait aller, une fois dans sa vie, à l'Apollo pour se rendre compte de ce que c'est. Je n'ai pas cru devoir le lui refuser. Nous avons pris une baignoire, vous pensez bien ! personne n'a pu nous apercevoir. Cette Stéphane Paros a dansé d'une façon... les jambes nues... »

L'oncle Alfred, l'œil brillant, se pencha vers lui :

« Il paraît que certains soirs... »

On n'entendit pas la suite. Dussol enleva son binocle, renversa la tête :

« Ça, il faut être juste, dit-il. Elle avait un maillot, petit à la vérité, mais elle en avait un. Elle en a toujours eu un ; j'avais pris mes informations. Croyez-vous que j'eusse exposé Mme Dussol... Allons ! voyons ! C'était déjà bien assez, les jambes nues...

– Et les pieds..., ajouta Alfred Caussade.

– Oh ! les pieds ! (Et Dussol fit une moue d'indulgence.)

– Eh bien, moi, déclara Alfred avec une sorte d'ardeur confuse, c'est ce que je trouve le plus dégoûtant... »

Blanche, irritée, l'interrompit :

« C'est vous, Alfred, qui êtes un dégoûtant. »

Il protestait, tirait, lissait sa barbe :

« Oh ! cette Blanche !

– Allons ! Il faut en finir. Votre avis, Dussol ?

– L'éloigner, chère amie. Qu'il parte le plus tôt et le plus loin possible. Je voulais vous proposer Winnipeg... mais vous n'accepteriez pas... Nous avons besoin de quelqu'un en Norvège... Il aurait des appointements, modestes, à la vérité, mais la vache enragée, c'est ce qu'il lui faut pour qu'il comprenne un peu quelle est la valeur de l'argent... Nous sommes d'accord, Jean-Louis ? »

Le jeune homme répondit, sans regarder son associé, qu'il était, en effet, d'avis d'éloigner José de Bordeaux. Blanche dévisagea son fils aîné.

« Songe qu'Yves est déjà parti...

– Oh ! celui-là, s'écria Dussol, justement, ma chère amie, il fallait le garder auprès de vous. Je regrette que vous ne m'ayez pas consulté. Rien ne l'appelait à Paris. Voyons, vous n'allez pas me parler de son travail ? Je connais votre opinion, l'amour maternel ne vous aveugle pas, vous avez trop de bon sens. Je ne crois pas vous enlever d'illusions en vous disant que son avenir littéraire... Si je vous en parle, c'est en connaissance de cause ; j'ai tenu à me rendre compte... J'ai même fait plusieurs lectures à haute voix à Mme Dussol qui, je dois le dire, m'a demandé grâce. Vous me direz qu'il a reçu quelques encouragements... d'où lui viennent-ils ? je vous le demande ? qui est ce M. Gide dont Jean-Louis m'a montré la lettre ? Il existe un économiste de ce nom, un esprit fort distingué, mais il ne s'agit pas de lui, malheureusement... »

Bien que Jean-Louis sût depuis longtemps que sa mère n'éprouvait aucune gêne à se contredire et qu'elle ne se piquait pas de logique, il fut stupéfait de la voir opposer à Dussol des arguments dont lui-même s'était servi contre elle, la veille au soir :

« Vous feriez mieux de ne pas parler de ce que vous ne pouvez comprendre, de ce qui n'a pas été écrit pour vous. Vous n'approuvez que ce qui vous est déjà connu, ce que vous avez lu ailleurs. Le nouveau vous choque et a toujours choqué les gens de votre sorte. N'est-ce pas, Jean-Louis ? Il me disait que Racine lui-même avait déconcerté ses contemporains...

– Parler de Racine à propos des élucubrations de ce blanc-bec !

– Eh ! mon pauvre ami ! occupez-vous de vos bois et laissez la poésie tranquille. Ce n'est pas votre affaire, ni la mienne, ajouta-t-elle pour l'apaiser, car il se gonflait comme un dindon et sa nuque était rouge.

– Mme Dussol et moi nous tenons au courant de ce qui paraît... Je suis le plus ancien abonné de *Panbiblion.* J'ai même l'abonnement spécial aux revues. De ce côté-là, aussi, nous nous tenons à jour. « Ce qui donne tant d'agrément à la « conversation de Mme Dussol, me disaitencore, l'autre soir, un de mes confrères du tribunal de Commerce, c'est qu'elle a tout lu,et comme elle a une mémoire étonnante, elle se souvient de tout et vous raconte le sujet d'un roman ou d'une pièce dont elle a pris connaissance, il y a des années, comme si elle en achevait la lecture à l'instant même. » Il a eu même ce mot : « C'est une bibliothèque vivante, une femme « comme ça... »

– Elle a de la chance, dit Blanche. Moi, mon esprit est une passoire : rien n'y reste. »

Elle se diminuait ainsi, pour désarmer Dussol.

« Ouf ! » soupira-t-elle, quand les vieux messieurs eurent pris congé.

Elle se rapprocha du feu, bien que les radiateurs fussent brûlants ; mais depuis qu'elle habitait cette maison, elle ne s'habituait pas au chauffage central. Il fallait qu'elle vît le feu pour ne pas avoir froid, qu'elle se brûlât les jambes. Elle se lamentait. Perdre encore José ! Et l'année prochaine, il voulait s'engager au Maroc... Elle n'aurait pas dû laisser Yves s'en aller, elle ne voulait pas en convenir devant Dussol, mais c'était vrai qu'il aurait pu aussi bien écrire à Bordeaux. Il ne faisait rien à Paris, elle en était sûre.

« Mais c'est toi, Jean-Louis, qui lui as mis cette idée en tête. De lui-même, il ne serait jamais parti.

– Sois juste, maman : depuis le mariage des sœurs, depuis que tu t'es installée avec elles dans cette maison, tu ne vis plus que pour leurs ménages, pour leurs gosses, et c'est très naturel ! Mais Yves, au milieu de cette nursery, se sentait abandonné.

– Abandonné ! moi qui l'ai veillé toutes les nuits à l'époque de sa congestion pulmonaire...

– Oui, il disait qu'il était content d'être malade, parce qu'alors il te retrouvait...

– C'est un ingrat, et voilà tout. (Et comme Jean-Louis ne répondait pas...) Entre nous, que crois-tu qu'il fasse à Paris ?

– Mais, il s'occupe de son livre, il voit d'autres écrivains, parle de ce qui l'intéresse. Il prend contact avec les revues, les milieux littéraires... Est-ce que je sais... »

Mme Frontenac secouait la tête. Tout cela ne signifiait rien. Quelle était sa vie ? Il avait perdu tous ses principes...

« Pourtant sa poésie est profondément mystique (et Jean-Louis devint écarlate). Thibaudet écrivait l'autre jour qu'elle postule une métaphysique...

– Tout ça, c'est des histoires..., interrompit Mme Frontenac. Qu'est-ce que cela signifie, sa métaphysique, s'il ne fait pas ses Pâques... Un mystique ! ce garçon qui ne s'approche même pas des sacrements. Allons, voyons ! »

Comme Jean-Louis ne répondait rien, elle reprit :

« Enfin, quand tu traverses Paris, que te dit-il ? Il te parle bien des gens qu'il voit ? Entre frères...

– Des frères, dit Jean-Louis, peuvent se deviner, se comprendre jusqu'à un certain point... ils ne se confient pas.

– Qu'est-ce que tu me racontes ? Vous êtes trop compliqués... »

Et Blanche, les coudes aux genoux, arrangea le feu.

« Mais José, maman ?

– Ah ! les garçons ! Heureusement, toi, du moins... »

Elle regarda Jean-Louis. Etait-il si heureux ? Il avait une lourde charge sur les épaules, des responsabilités, il ne s'entendait pas toujours avec Dussol ; et Blanche devait reconnaître qu'il manquait quelquefois de prudence, pour ne pas dire de bon sens. C'est très joli, d'être un patron social, mais, comme dit Dussol, au moment de l'inventaire, on s'aperçoit de ce que ça coûte. Blanche avait été obligée de donner raison à Dussol lorsqu'il s'était opposé à ces « conseils d'usine » où Jean-Louis voulait réunir les représentants des ouvriers et ceux de la direction. Il n'avait pas voulu entendre parler non plus des « commissions paritaires » dont Jean-Louis lui expliquait, sans succès, le mécanisme. Pourtant Dussol avait fini par céder sur un point, qui était, à vrai dire, celui auquel son jeune associé tenait le plus. « Laissons-lui tenter l'expérience, disait Dussol, ça coûtera ce que ça coûtera, il faut qu'il jette sa gourme... »

La grande idée de Jean-Louis était d'intéresser le personnel à la gestion de toute l'affaire. Avec le consentement de Dussol il réunit les ouvriers et leur exposa son dessein : répartir, entre tous, des actions qui seraient attribuées au prorata des années de travail dans la maison. Le bon sens de Dussol triompha : les ouvriers trouvèrent le geste comique et n'attendirent pas un mois pour vendre leurs actions. « Je le lui avais assez dit, répétait Dussol. Il a bien fallu qu'il se rende à l'évidence. Je ne regrette pas ce que ça a coûté. Maintenant, il connaît son monde, il ne se fait plus d'illusions. D'ailleurs, le plus drôle, c'est que les ouvriers m'admirent d'être malin, ils savent qu'on ne me la fait pas, et puis je sais leur parler, ils me sont attachés ; tandis que lui, avec toutes ses idées socialistes, le personnel le juge fier, distant ; c'est toujours moi qu'ils viennent trouver. »

« Au fond, dit Jean-Louis, si tu veux que José reste à Bordeaux, ce serait sans inconvénient : cette Paros m'a fait dire par un agent d'affaires qu'elle n'avait aucune visée sur lui, qu'elle n'avait accepté que des bouquets. Ce n'était pas sa faute si José payait toujours au restaurant... Il passait pour très riche. D'ailleurs, elle quitte Bordeaux la semaine prochaine... Tout de même, je pense qu'il vaut mieux, pour lui, changer d'air jusqu'à son service militaire... Une autre lui mettrait le grappin... Par exemple, je ne suis pas de l'avis de Dussol, il ne faut pas le laisser sans argent... »

Mme Frontenac haussa les épaules :

« Cela va sans dire. Tout à l'heure, pendant qu'ils parlaient de vache enragée, je ne protestais pas, pour ne pas faire d'histoires, mais tu penses bien !

– Alors je vais le chercher ? Il attend dans sa chambre...

– Oui, donne de la lumière. »

Un plafonnier éclaira lugubrement la pièce

Empire, tapissée d'un papier décoloré. Jean-Louis ramena José.

« Allons, mon vieux, voilà ce qui a été décidé... » Le coupable demeurait debout, la figure un peu baissée et dans l'ombre. Il paraissait plus trapu que ses frères, « bas sur pattes » mais large d'épaules. La peau de la face était sombre et boucanée, rasée jusqu'aux pommettes. Blanche retrouvait dans le jeune homme cet air absent de l'écolier à qui elle faisait répéter ses leçons, dans les aubes tristes d'autrefois, et qui n'écoutait pas, opposant à toutes les supplications et à toutes les menaces un extraordinaire pouvoir de fuite et d'absence ; et de même qu'alors, il s'enfonçait avec délices dans le songe des vacances et de Bourideys et que, plus tard, il n'avait vécu que pour les plaisirs d'une vie de trappeur, capable de passer des nuits d'hiver dans une « tonne », à l'affût des canards sauvages, toute sa puissance d'attention et de désir s'était fixée, d'un seul coup, sur une femme ; une femme ordinaire, déjà usée, qui imitait vaguement Frégoli dans les music-halls de province (« *la danseuse de Séville ! la Houri ! la danseuse cambodgienne !* »). Un ami l'avait présenté, après le théâtre ; ils avaient été en bande au cabaret. José avait plu, ce soir-là, ce seul soir. Il s'était entêté, acharné. Rien n'avait plus existé ; à peine le voyait-on au bureau où Jean-Louis se chargeait de sa besogne. Sa timide et tenace jalousie avait exaspéré la femme...

Et maintenant, il se tient debout entre sa mère et son frère, impénétrable et ne manifestant rien.

« C'est grave, les dettes, lui disait sa mère, mais comprends-moi, je n'en fais pas une question d'argent. La vie de désordre à laquelle tu t'es livré, voilà ce qui compte surtout à mes yeux.

J'avais confiance en mes fils, je croyais qu'ils sauraient éviter toutes les actions basses, et voilà que mon José... »

Etait-il ému ? Il alla s'asseoir sur le divan où il reçut la lumière en plein visage. Il avait maigri, les tempes même semblaient creusées. Il demanda d'une voix sans expression quand il partirait ; et comme sa mère lui répondait « en janvier, après les fêtes... », il dit :

« Je préférerais le plus tôt possible. »

Il prenait bien la chose. Tout se passerait au mieux, se disait Blanche. Pourtant, elle n'était pas tranquille, elle essayait de se rassurer. Il ne lui échappait pas que Jean-Louis, lui aussi, observait son cadet. Tout autre qu'eux se fût réjoui de ce calme. Mais la mère et le frère étaient avertis, ils communiquaient avec cette souffrance, ils avaient part physiquement à ce désespoir, désespoir d'enfant, le pire de tous, le moins déchiffrable et qui ne se heurte à aucun obstacle de raison, d'intérêt, d'ambition... Le frère aîné ne perdait pas des yeux le prodigue et la mère s'était levée. Elle alla vers José, lui prit le front dans ses deux mains, comme pour le réveiller, comme pour le tirer d'un sommeil d'hypnose.

« José, regarde-moi. »

Elle parlait sur un ton de commandement, et lui, d'un geste d'enfant, secouait la tête, fermait les yeux, cherchait à se dégager. Cela qu'elle n'avait pas connu, cette douleur d'amour, Blanche la déchiffrait sur la dure face obscure de son fils. Il guérirait, bien sûr ! Ça ne durerait guère... seulement, il s'agissait d'atteindre l'autre bord, et de ne pas périr pendant la traversée. Il lui avait toujours fait peur, ce garçon ; quand il était petit, Blanche ne prévoyait jamais comment il réagirait.

S'il avait parlé, s'il s'était plaint... Mais non, il était là, les mâchoires serrées, opposant à sa mère cette figure calcinée d'enfant landais... (peut-être quelque aïeule avait-elle été séduite par l'un de ces Catalans qui vendent les allumettes de contrebande). Ses yeux brûlaient, mais ils brûlaient noir et ne livraient rien.

Alors Jean-Louis, s'approchant à son tour, lui saisit les deux épaules et le secoua sans rudesse. Il répéta plusieurs fois : « Mon vieux José, mon petit... » et il obtint ce que n'avait pu obtenir leur mère, il le fit pleurer. C'est qu'à la tendresse de sa mère, José était accoutumé et il n'y réagissait plus. Mais il n'était jamais arrivé à Jean-Louis de se montrer tendre avec lui. C'était tellement inattendu, qu'il dut succomber à la surprise. Ses larmes jaillirent, il étreignit son frère comme un noyé. D'instinct, Mme Frontenac avait détourné la tête et était revenue près de la cheminée. Elle entendait des balbutiements, des hoquets ; penchée vers le feu, elle avait joint les mains à la hauteur de sa bouche. Les deux garçons se rapprochèrent :

« Il sera raisonnable, maman, il me l'a promis. »

Elle attira contre elle, pour l'embrasser, l'enfant malheureux.

« Mon chéri, tu ne feras plus jamais cette figure ? »

Il la ferait une fois encore, cette figure terrible, quelques années plus tard, au déclin d'un beau jour clair et chaud, vers la fin d'août 1915, à Mourmelon, entre deux baraquements. Nul n'y prêterait attention, pas même le camarade en train de le rassurer : « Il paraît qu'il va y avoir une préparation d'artillerie foudroyante, tout sera haché ; nous n'aurons plus qu'à avancer l'arme à la bretelle ; les mains dans les poches... » José Frontenac lui opposerait ce même visage, vidé de toute espérance, mais qui, ce jour-là, ne ferait plus peur à personne.

XIV

JEAN-LOUIS se hâta de rentrer chez lui, à deux pas, rue Lafaurie de Montbadon. Il était impatient de tout raconter à Madeleine avant le dîner. Yves l'avait dégoûté de leur petit hôtel arrangé avec tant de plaisir : « Tu n'es ni un dentiste débutant, ni un jeune docteur qui se lance, lui avait-il dit, pour étaler sur les cheminées, sur les murs, et jusque sur des colonnes, les immondes cadeaux dont on vous a comblés. »

Jean-Louis avait protesté, mais il avait été convaincu à l'instant même, et il voyait avec les yeux d'Yves ce peuple d'amours en biscuit, de bronzes d'art et de terres cuites autrichiennes.

« La petite a la fièvre », dit Madeleine.

Elle était assise près du berceau. Cette fille de la campagne transplantée en ville avait grossi. Carrée d'épaules, large du cou, elle avait perdu l'aspect de la jeunesse. Peut-être était-elle enceinte ? A la naissance du sein, une grosse veine bleue se gonflait.

« Combien ?

– 37°5. Elle a vomi son biberon de quatre heures.

– Température rectale ? ce n'est pas la fièvre, surtout le soir.

– C'est la fièvre, le docteur Chatard l'a dit.

– Mais non, il voulait parler de la température prise sous le bras.

– Et moi, je te dis que c'est la fièvre. Peu de chose, bien sûr. Mais enfin, c'est la fièvre. »

Il fit un geste excédé, se pencha sur le berceau qui sentait la balle d'avoine et le lait vomi. Il fit crier la petite en l'embrassant.

« Tu la piques avec ta barbe.

– Fraîche comme une pêche », dit-il.

Il se mit à tourner dans la chambre, espérant qu'elle l'interrogerait au sujet de José. Mais jamais elle ne posait d'elle-même les questions qu'il souhaitait. Il aurait dû commencer à s'en rendre compte ; à chaque fois il se laissait prendre. Elle dit :

« Tu te mettras à table sans moi.

– A cause de la petite ?

– Oui, je veux attendre qu'elle soit endormie. »

Il fut contrarié ; justement il y avait du soufflé au fromage qui se mange en sortant du four. Madeleine avait dû s'en souvenir, campagnarde élevée dans le culte du repas domestique et dans le respect de la nourriture, car avant que Jean-Louis eût déplié sa serviette, elle était déjà là. Non, elle ne l'interrogerait pas, se disait Jean-Louis, inutile d'attendre plus longtemps.

« Eh bien, chérie, tu ne me demandes pas ?... »

Elle leva vers lui des yeux gonflés et endormis.

« Quoi ?

– José, dit-il, ç'a été toute une affaire. Dussol, l'oncle Alfred n'ont pas osé insister pour Winnipeg... Il ira en Norvège.

– Ce ne sera pas une punition... On doit pouvoir chasser le canard, là-bas ; il ne lui en faut pas plus.

– Tu crois ? Si tu l'avais vu... Il l'aimait », ajouta Jean-Louis, et il devint très rouge.

« Cette fille ?

– Il n'y a pas de quoi se moquer... » Et il répéta : « Si tu l'avais vu ! »

Madeleine sourit d'un air malin et entendu, haussa les épaules et se resservit. Elle n'était pas une Frontenac ; à quoi bon insister ? Elle ne comprendrait pas. Elle n'était pas une Frontenac. Il chercha à se souvenir de la figure que faisait José, des mots qu'il avait balbutiés. La passion inconnue...

« Danièle est venue très gentiment prendre le thé avec moi. Elle m'a apporté ce modèle de brassière, tu sais, celui dont je t'avais parlé. »

Le raisonnable Jean-Louis n'en revint pas d'envier cette mortelle folie. Plein de dégoût pour lui-même, il regarda sa femme qui pétrissait une boulette de pain.

« Quoi ? demanda-t-il.

– Mais rien... je ne disais rien, à quoi bon ? Tu n'écoutes pas. Tu ne réponds jamais.

– Tu disais que Danièle est venue ?

– Tu ne le répéteras pas ? Ceci entre nous, bien entendu. Je crois que son mari en a assez de la cohabitation avec ta mère. Dès qu'il va être augmenté, il a l'intention de déménager.

– Ils ne feront pas ça. Maman a acheté cette maison en partie pour eux ; ils ne paient pas de loyer.

– C'est ce qui les retient... Mais elle est si fatigante à vivre... Tu le reconnais toi-même. Tu me l'as dit cent fois...

– L'ai-je dit ? Oui, je suis bien capable de l'avoir dit.

– D'ailleurs Marie, elle, resterait ; son époux est plus patient et, surtout, plus près de ses intérêts. Jamais il ne renoncera à l'avantage de la situation. »

Jean-Louis se représentait sa mère sous l'aspect un peu dégradé d'une vieille métayère que les enfants se renvoient de l'un à l'autre. Madeleine insistait.

« Je l'aime bien, et elle m'adore. Mais je sais, moi, que je n'aurais pas pu vivre avec elle. Ah ! ça ! non...

– Elle, en revanche, aurait été capable de vivre avec toi. »

Madeleine observa son mari d'un air inquiet.

« Tu n'es pas fâché ? Ça ne m'empêche pas de l'aimer, c'est une question de caractère. »

Il se leva et alla embrasser sa femme pour lui demander pardon des choses qu'il pensait. Au moment où ils quittaient la table, le domestique présenta deux lettres. Jean-Louis reconnut, sur une enveloppe, l'écriture d'Yves et la mit dans sa poche. Il demanda à Madeleine la permission d'ouvrir l'autre.

« Monsieur et cher bienfaiteur, cette lettre est pour vous faire savoir que notre petite va faire sa Première Communion de jeudi en quinze, elle sait toutes ses prières et son père et moi quand nous la voyons faire sa prière le matin et le soir nous sommes tout attendris, mais aussi bien embêtés parce que nous savons qu'une fête entraîne des frais, même quand c'est pour le Bon Dieu, surtout que nous avons bien des petites dettes partout. Mais comme je dis à mon mari, ce n'est pas notre bienfaiteur qui te laissera dans le pétrin, toi qui as gardé les actions au lieu de les vendre et d'aller les boire comme ils font tous, qu'il y en a qui n'ont pas dessoulé pendant un mois après les distributions des actions, que ça a été une honte et ceux qui ont compris votre généreuse pensée se sont fait traiter de jaunes et de lèche-cul et de tout ce que le respect et les lois de la politesse m'empêchent de vous écrire sur ce papier. Mais comme dit mon mari : quand on a un tel patron, il faut savoir être digne par la compréhension de ses initiatives en faveur de l'ouvrier... »

Jean-Louis déchira la lettre, et passa à plusieurs reprises sa main sur son nez et sur sa bouche.

« Ne fais pas ton tic », dit Madeleine. Elle ajouta : « Je tombe de sommeil. Mon Dieu ! il n'est que neuf heures... Tu ne te coucheras pas trop tard ? Tu te déshabilleras dans le cabinet de toilette ? »

Jean-Louis aimait sa bibliothèque ; là, les critiques d'Yves ne portaient plus. Aucun autre objet que les livres, la cheminée même en était couverte. Il ferma avec soin la porte, s'assit à sa table, soupesa la lettre de son frère. Il se réjouit de ce qu'elle était plus lourde que les autres. Il l'ouvrit avec soin, sans abîmer l'enveloppe. En bon Frontenac, Yves donnait d'abord des nouvelles d'oncle Xavier avec qui il déjeunait tous les jeudis. Le pauvre oncle, qu'avait terrifié l'établissement à Paris d'un de ses neveux, avait tout fait pour en détourner Yves. Les Frontenac feignaient de ne pas connaître les raisons de cette résistance. « Il s'est calmé, écrivait Yves, il sait aujourd'hui que Paris est assez grand pour qu'un neveu ne s'y trouve jamais nez à nez avec un oncle en compagnie galante... Eh bien, si ! je les ai vus, l'autre jour, sur les Boulevards, et je les ai même suivis à distance. C'est une grande bringue blondasse qui a dû avoir un certain éclat, il y a vingt ans. Croirais-tu qu'ils sont entrés dans un bouillon Duval ! Il avait sans doute acheté un cigare de trois sous. Moi, il m'amène toujours chez Prunier et m'offre, après le dessert, un Bock ou un Henri Clay. C'est que moi, je suis un Frontenac... Figure-toi que j'ai vu Barrès... » Il racontait longuement cette visite. La veille, un camarade lui avait rapporté ce mot du maître : « Quel ennui ! il va falloir que je donne à ce petit Frontenac une idée de moi conforme à son tempérament... » Ce qui n'avait pas laissé de refroidir Yves. « Je n'étais pas tout à fait aussi intimidé que le grand homme, mais presque. Nous sommes sortis ensemble. Une fois dehors, l'amateur d'âmes s'est dégelé. Il m'a dit... voyons, je ne voudrais pas perdre une seule de ses précieuses paroles, il m'a dit... »

Non, ce n'était pas ce qu'avait dit Barrès qui intéressait Jean-Louis. Il lisait rapidement pour atteindre enfin l'endroit où Yves commencerait à parler de sa vie à Paris, de son travail, de ses espérances, des hommes et des femmes qu'il fréquentait. Jean-Louis tourna une page et ne put retenir une exclamation de dépit. Yves avait raturé chaque ligne, et il en était de même au verso et sur le feuillet suivant. Il ne lui avait pas suffi de barrer les pages, mais le moindre mot disparaissait sous un gribouillis dont les boucles s'enchevêtraient. Peut-être, sous ces rageuses ratures, gisaient les secrets du petit frère. Il devait y avoir un moyen de déchiffrage,- se disait Jean-Louis, des spécialistes existaient sans doute... Non, impossible de livrer une lettre d'Yves à un étranger. Jean-Louis se souvint d'une loupe qui traînait sur sa table (encore un cadeau de noces !) et il se mit à étudier chaque mot barré avec la même passion que si le sort du pays eût été en jeu. La loupe ne lui servit qu'à découvrir les moyens dont Yves avait usé pour prévenir cet examen : non seulement il avait réuni les mots par des lettres de hasard, mais encore il avait tracé partout de faux jambages. Après une heure d'efforts, le grand frère n'avait obtenu que des résultats insignifiants ; du moins pouvait-il mesurer l'importance de ces pages à cette application d'Yves pour les rendre indéchiffrables.

Jean-Louis reposa ses mains sur la table, et il entendit dans le silence nocturne de la rue deux hommes qui parlaient à tue-tête. Le dernier tram sonna, cours Balguerie. Le jeune homme fixait, de ses yeux fatigués, la lettre mystérieuse. Pourquoi ne pas prendre l'auto ? Il roulerait toute la nuit, débarquerait avant midi chez son frère... Hélas ! il ne pouvait voyager seul qu'à propos d'une affaire. Aucun prétexte d'affaires en ce moment. Il lui arrivait de se rendre à Paris, trois fois en quinze jours, pour quelques milliers de francs ; mais pour sauver son frère, nul ne comprendrait. Le sauver de quoi ?

Il n'y avait rien dans ces confidences reprises qui sans doute n'eût déçu Jean-Louis. C'était moins par pudeur que par discrétion qu'Yves avait tout effacé. « En quoi tout cela peut-il l'intéresser ? s'était-il dit. Et puis, il n'y comprendrait rien... » Il n'entrait, dans ce dernier jugement, aucun mépris. Mais à distance, Yves se faisait des siens une image de simplicité et de pureté. Les êtres au milieu desquels il évoluait à Paris, lui apparaissaient d'une espèce étrange avec laquelle sa race campagnarde ne pouvait prétendre à aucun contact. « Tu ne les comprendrais même pas, avait-il écrit (sans se douter qu'il bifferait tout cela, avant d'avoir achevé sa lettre), tellement ils parlent vite, et toujours avec des allusions à des personnes dont on est censé connaître le prénom et les habitudes sexuelles. Avec eux, je suis toujours en retard de deux ou trois phrases, je ris cinq minutes après les autres. Mais comme il est admis que je possède une espèce de génie, cette lenteur à les suivre fait partie de mon personnage et ils la portent à mon crédit. La plupart, d'ailleurs, ne m'ont pas lu, ils font semblant. Ils m'aiment pour moi-même et non pour mon œuvre. Mon vieux Jean-Louis, à Bordeaux, nous ne nous doutions pas que d'avoir vingt ans pût apparaître aux autres comme une merveille. C'était bien à notre insu que nous détenions un trésor. La jeunesse n'a pas cours dans nos milieux : c'est l'âge ingrat, l'âge de la bourre, une époque de boutons, de furoncles, de mains moites, de choses sales. Les gens d'ici s'en font une idée plus flatteuse. Ici, il n'y a pas de furoncle qui tienne, tu deviens du jour au lendemain l'enfant Septentrion. Parfois, une dame, qui se dit folle de tes poèmes, veut les entendre de ta bouche et tu vois sa gorge se lever et s'abaisser avec une telle rapidité qu'il y aurait de quoi entretenir un feu de forge. Cette année, toutes les portes s'ouvrent devant ma « merveilleuse jeunesse », des salons très fermés. Là aussi, la littérature n'est qu'un prétexte. Personne, au fond, n'aime ce que je fais, ils n'y comprennent rien. Ce n'est pas ça qu'ils aiment ; « ils aiment les êtres » qu'ils disent ; je suis un être, et tu en es un autre, sans t'en douter. Ces ogres et ces ogresses n'ont heureusement plus de dents et en sont réduits à vous manger des yeux. Ils ignorent d'où je viens, ils ne s'inquiètent pas de savoir si j'ai une maman. Je les haïrais, rien que parce qu'aucun d'entre eux ne m'a jamais demandé des nouvelles de maman. Ils ne savent pas ce qu'est un Frontenac, même sans particule. Le mystère Frontenac, ils n'en soupçonnent pas la grandeur. Je pourrais être le fils d'un forçat, sortir de prison, cela ne ferait rien, peut-être même que ça leur plairait... Il suffit que j'aie vingt ans, que je me lave les mains et le reste, et que je détienne ce qui s'appelle une situation littéraire pour expliquer ma présence au milieu des Ambassadeurs et des membres de l'Institut, à leur table fastueuse... fastueuse, mais où les vins sont généralement mal servis, trop froids, dans des verres trop petits. Et comme dirait maman, on n'a que le temps de tordre et d'avaler... »

C'est à cet endroit qu'Yves s'était interrompu, et qu'après réflexion, il avait effacé jusqu'au moindre mot, sans imaginer qu'il risquait ainsi d'égarer davantage son aîné. Celui-ci fixait les yeux sur ces hiéroglyphes et profitant de ce qu'il était seul pour se livrer à son tic, il passait lentement sa main repliée sur son nez, sur sa moustache, sur ses lèvres...

Après avoir glissé la lettre d'Yves dans son portefeuille, il regarda l'heure, Madeleine devait s'impatienter. Il s'accorda dix minutes encore de solitude et de silence, prit un livre, l'ouvrit, le referma. Faisait-il semblant d'aimer les vers ? Il n'avait jamais envie d'en lire. D'ailleurs, il lisait de moins en moins. Yves lui avait dit : « Tu as bien raison, ne t'encombre plus la mémoire, il faut oublier tout ce dont nous avons eu la bêtise de la gaver... » Mais ce que disait Yves... Depuis qu'il habitait Paris, on ne savait jamais s'il parlait sérieusement, et lui-même l'ignorait peut-être.

Jean-Louis vit, sous la porte, luire la lampe de chevet, cela signifiait un reproche ; cela voulait dire : « A cause de toi, je ne dors pas ; je préfère attendre que d'être réveillée au milieu de mon premier sommeil. » Il se déshabilla tout de même en faisant le moins de bruit possible, et entra dans la chambre.

Elle était vaste, et malgré les moqueries d'Yves, Jean-Louis n'y pénétrait jamais sans être ému. La nuit, d'ailleurs, recouvrait et fondait les cadeaux, les bronzes, les amours. Des meubles, on ne discernait que la masse. Amarré à l'immense lit, le berceau était vraiment une nacelle, il semblait suspendu, comme si le souffle de l'enfant eût suffi à gonfler les ridcaux purs. Madeleine ne voulut pas que Jean-Louis s'excusât.

« Je ne m'ennuyais pas, dit-elle, je réfléchissais...

– A quoi donc ?

– Je pensais à José », dit-elle.

Il s'attendrit. Maintenant qu'il ne l'espérait plus, elle en venait d'elle-même au sujet qui lui tenait le plus à cœur.

« Chéri, j'ai une idée pour lui... Réfléchis avant de dire non... Cécile... oui, Cécile Filhot... Elle est riche ; elle a été élevée à la campagne et a toujours vu les hommes se lever avant le soleil pour la chasse et se coucher à huit heures. Elle sait qu'un chasseur n'est jamais là. Il serait heureux. Il a dit, un jour devant moi, qu'il la trouvait bien. « J'aime ces grandes carcasses de femmes... » Il a dit ça.

– Il ne voudra jamais... Et puis ses trois ans de service, l'année prochaine... Il rêve toujours du Maroc, ou du Sud algérien.

– Oui, mais il serait fiancé, ça le retiendrait. Et puis peut-être que papa pourrait le faire réformer au bout d'un an, comme le fils...

– Madeleine ! Je t'en prie ! »

Elle se mordit les lèvres. L'enfant jeta un cri ; elle tendit le bras et le berceau fit un bruit de moulin. Jean-Louis songeait à ce désir qu'avait José de s'engager au Maroc (depuis qu'il avait lu un livre de Psichari)... Fallait-il le retenir ou le pousser dans cette voie ?

Et soudain, Jean-Louis énonça :

« Le marier... ce ne serait pas une mauvaise idée. »

Il pensait à José, mais aussi à Yves. Cette chambre tiède et qui sentait le lait, avec ses tentures, ses fauteuils capitonnés, cette petite vie vagissante, cette jeune et lourde femme féconde, là était le refuge pour les enfants Frontenac, dispersés hors du nid natal, et que les pins des grandes vacances ne gardaient plus à l'abri de la vie, dans le parc étouffant. Chassés du paradis de l'enfance, exilés de ses prairies, des vergnes frais, des sources dans les fougères mâles, il fallait les entourer de tentures, de meubles, de berceaux, et que chacun d'eux y creusât son trou...

Ce Jean-Louis, si soucieux de protéger ses frères et de les mettre à l'abri, était le même qui, en prévision de la guerre attendue, faisait chaque matin des exercices pour développer ses muscles. Il s'inquiétait de savoir s'il pourrait passer de l'auxiliaire dans le service armé. Aucun n'eût, plus simplement que lui, donné sa vie. Mais tout se passait, chez les Frontenac, comme s'il y avait eu communication entre l'amour des frères et celui de la mère, ou comme si ces deux amours avaient eu une source unique. Jean-Louis éprouvait, à l'égard de ses cadets, et même pour José que l'Afrique attirait, la sollicitude inquiète et presque angoissée de leur mère. Ce soir-là, surtout : le désespoir sans cri de José, ce silence d'avant la foudre, l'avait ému ; mais moins peut-être que les pages d'Yves, indéchiffrables ; et en même temps la lettre quémandeuse de l'ouvrière, pareille à tant d'autres qu'il recevait, l'avait atteint au plus profond, avait élargi une blessure. Il n'était pas encore résigné à prendre les hommes pour ce qu'ils sont. Leurs naïves flagorneries l'irritaient, et surtout leur maladresse à feindre les sentiments religieux lui faisait mal. Il se souvint de ce garçon de dix-huit ans qui avait demandé le baptême, qu'il avait instruit lui-même avec amour... Or, il découvrit, peu de jours après, que son filleul avait déjà été baptisé par les soins d'une œuvre protestante, dont il avait emporté la caisse. Et sans doute, Jean-Louis savait que c'était là un cas particulier et que les belles âmes ne manquent pas ; sa malchance (ou plutôt un défaut de psychologie, une certaine impuissance à juger les êtres) l'avait toujours voué à ces sortes de mésaventures. Sa timidité, qui prenait l'aspect de la raideur, éloignait les simples, mais n'effrayait pas les flatteurs ni les hypocrites.

Etendu à plat sur le dos, il regardait le plafond, doucement éclairé par la lampe, et sentait son impuissance à rien changer au destin d'autrui. Ses deux frères feraient, ici-bas, ce pour quoi ils étaient venus, et tous les détours les ramèneraient infailliblement au point où on les attendait, où Quelqu'un les épiait...

« Madeleine, demanda-t-il soudain à mi-voix, crois-tu qu'on puisse quelque chose pour les autres ? »

Elle tourna vers lui son visage à demi recouvert de sommeil, écarta ses cheveux.

« Quoi ? demanda-t-elle.

– Je veux dire, penses-tu qu'après beaucoup d'efforts, on puisse transformer, si peu que ce soit, la destinée d'un homme ?

– Oh ! toi, tu ne penses qu'à cela, changer les

autres, les changer de place, leur donner des idées différentes de celles qu'ils ont...

– Peut-être (et il se parlait à lui-même) ne fais-je que renforcer leurs tendances ; quand je crois les retenir, ils concentrent leurs forces pour se précipiter dans leur direction, à l'opposé de ce que j'aurais voulu... »

Elle étouffa un bâillement :

« Qu'est-ce que ça peut faire, chéri ?

– Après la Cène, ces paroles tristes et douces du Sauveur à Judas, on dirait qu'elles le poussent vers la porte, qu'elles l'obligent à sortir plus vite...

– Sais-tu l'heure qu'il est ? Plus de minuit... Demain matin, tu ne pourras pas te lever. »

Elle éteignit la lampe, et il était couché dans ces ténèbres comme au fond d'une mer dont il eût senti sur lui le poids énorme. Il cédait à un vertige de solitude et d'angoisse. Et soudain, il se rappela qu'il avait oublié de réciter sa prière. Alors, cet homme fit exactement ce qu'il aurait fait à dix ans, il se leva sans bruit de sa couche et se mit à genoux sur la descente de lit, la tête dans les draps. Le silence n'était troublé par aucun souffle ; rien ne décelait qu'il y eût dans cette chambre une femme et un petit enfant endormis. L'atmosphère était lourde et chargée d'odeurs mêlées, car Madeleine redoutait l'air du dehors, comme tous les gens de la campagne ; son mari avait dû s'habituer à ne plus ouvrir les fenêtres, la nuit.

Il commença par invoquer l'Esprit : « *Veni, Sancte Spiritus, reple tuorum corda fidelium et tui amoris in eis ignem accende...* » Mais tandis que ses lèvres prononçaient la formule admirable, il n'était attentif qu'à cette paix qu'il connaissait bien, et qui, en lui, sourdait de partout comme un fleuve lorsqu'il naît : oui, active, envahissante, conquérante, pareille aux eaux d'une crue. Et il savait, par expérience, qu'il ne fallait tenter aucune réflexion, ni céder à la fausse humilité qui fait dire : « Cela ne signifie rien, c'est une émotion à fleur de peau... » Non, ne rien dire, accepter ; aucune angoisse ne subsistait... Quelle folie d'avoir cru que le résultat apparent de nos efforts importe tant soit peu... Ce qui compte, c'est ce pauvre effort lui-même pour maintenir la barre, pour la redresser, – surtout pour la redresser... Et les fruits inconnus, imprévisibles, inimaginables de nos actes se révéleront un jour dans la lumière, ces fruits de rebut, ramassés par terre, que nous n'osions pas offrir... Il fit un bref examen de conscience : oui, demain matin, il pourrait communier. Alors il s'abandonna. Il savait où il se trouvait, et continuait d'être sensible à l'atmosphère de la chambre. Une seule pensée obsédante : c'était qu'en ce moment il cédait à l'orgueil, il cherchait un plaisir... « Mais au cas où ce serait Vous, mon Dieu... »

Le silence de la campagne avait gagné la ville. Jean-Louis demeurait attentif au tic-tac de sa montre, il discernait, dans l'ombre, l'épaule soulevée de Madeleine. Tout lui était perceptible et rien ne le distrayait de l'essentiel. Certaines questions traversaient le champ de sa conscience mais, aussitôt résolues, disparaissaient. Par exemple, il voyait, dans un éclair, au sujet de Madeleine, que les femmes portent en elles un monde de sentiments plus riche que le nôtre, mais le don de les interpréter, de les exprimer leur manque : infériorité apparente. Et de même, le peuple. La pauvreté de leur vocabulaire... Jean-Louis sentit qu'il s'éloignait du large vers la terre, qu'il ne perdait plus pied, qu'il touchait le fond, qu'il marchait sur la plage, qu'il s'éloignait de son amour. Il fit le signe de la croix, se glissa dans le lit et ferma les yeux. A peine entendit-il une sirène sur le fleuve. Les premières voitures des maraîchers ne l'éveillèrent pas.

XV

Le garçon qui conduisait, sans diminuer l'allure folle, se tourna pour crier :

« On s'arrête à Bordeaux, le temps de déjeuner ? »

Du fond de la voiture, l'Anglais, calé par les deux jeunes femmes, demanda :

« Au *Chapon Fin,* n'est-ce pas ? »

Le jeune homme du volant lui jeta un regard noir. Yves Frontenac, assis à son côté, le suppliait :

« Geo, regarde devant toi... Attention à l'enfant... »

Quelle folie que de s'être embarqué avec ces inconnus ! Trois jours plus tôt, il dînait, à Paris, chez cette dame américaine dont il ne pourrait jamais retenir le nom, que d'ailleurs il eût été incapable de prononcer correctement. Il avait « brillé » comme jamais (on s'accordait à le juger très inégal, il pouvait être le convive le plus sinistre) : « Vous avez eu de la chance, disait Geo qui admirait Yves et qui l'avait amené chez la dame, vous aurez eu un Frontenac merveilleux... » Le Pommery avait créé entre tous ces gens qui se connaissaient à peine, une atmosphère de tendresse. La dame partait le lendemain matin pour Guéthary. Trois jours seulement... Elle proposa de les emmener tous : c'était trop affreux de se quitter ; il fallait vivre ensemble désormais. La nuit de juin était chaude. Par bonheur, aucun homme n'était en smoking. Il n'y avait qu'à faire avancer l'auto et à partir. Geo conduirait. On se baignerait en arrivant...

A Bordeaux, Yves avait surpris sa mère, après le déjeuner, seule ; elle avait pâli à la vue de l'enfant qu'elle n'attendait pas. Yves avait baisé ses joues couleur de cendre. La fenêtre du salon Empire était ouverte sur la rue bruyante et qui sentait fort. Il n'avait, disait-il, qu'un quart d'heure à lui donner, ses amis étant pressés d'atteindre Guéthary. Ils ne s'arrêteraient pas à Bordeaux au retour, mais cela importait peu, puisque dans moins de trois semaines, il devait rejoindre sa mère et passer tout un mois avec elle. (Les jeunes ménages avaient, en effet, loué une villa au bord du Bassin, ou il n'y avait pas de place pour Mme Frontenac.) Elle avait résolu d'attendre Yves, non dans les landes étouffantes de Bourideys, mais à Respide, sur les coteaux de la Garonne : « Il y a toujours de l'air à Respide », était un article de foi chez les Frontenac. Elle parla de José ; il était à Rabat et lui assurait qu'il ne courait aucun risque ; tout de même, elle avait peur ; l'angoisse la réveillait, la nuit...

Au bout d'un quart d'heure, Yves l'avait embrassée ; elle l'avait suivi sur le palier : « Sont-ils prudents au moins ? Vous n'allez pas comme des fous ? Je n'aime pas à te savoir sur les routes. Télégraphie dès ce soir... »

Il descendit l'escalier quatre à quatre, et pourtant, d'instinct, il leva la tête. Blanche Frontenac était penchée sur la rampe. Il vit ce visage souffrant au-dessus de lui. Il cria :

« Dans trois semaines...

– Oui, soyez prudents... »

Aujourd'hui, il repasse par Bordeaux. Il voudrait surprendre sa mère, une fois encore ; mais, dans sa ville natale, impossible de ne pas recevoir ces gens au *Chapon Fin* : ils le soupçonneraient de se défiler... Et puis Geo exigeait d'être rentré le soir même à Paris, coûte que coûte. Il était fou de rage parce que le jeune Anglais était assis auprès de la dame et qu'il ne pouvait surveiller leurs paroles ; mais il voyait, dans le pare-brise, le reflet de leurs têtes rapprochées. Il tenait à Yves des propos peu rassurants : « Ce que ça me serait égal de me casser la figure, pourvu qu'ils se la cassent aussi... » Et Yves répondait : « Attention au passage à niveau... »

Il crut pouvoir s'échapper, à la fin du déjeuner, mais il fallait attendre l'addition. Geo buvait, ne soufflait mot, regardait sa montre. « Nous serons à Paris avant sept heures... » Jusque-là il ne vivrait pas ; son supplice ne prendrait fin qu'à Paris, lorsqu'il tiendrait la dame entre quatre murs et qu'il la sommerait de ne plus voir l'autre garçon, qu'il lui mettrait le marché en main... Il n'attendit pas qu'Yves eût réglé l'addition ; déjà il était au volant. Yves aurait pu dire : « Je vous demande un quart d'heure... » ou encore : « Partez sans moi, je prendrai le train... » Il n'y songea même pas. Il ne songeait qu'à lutter contre cette force intérieure qui le poussait à courir embrasser sa mère. Il se répétait : « Inutile de tout déranger pour une entrevue de cinq minutes, puisque dans moins de trois semaines nous serons réunis. J'aurais à peine le temps de l'embrasser... » Ce qu'il dédaignait alors, les quelques secondes qu'il faut pour appuyer ses lèvres sur une figure encore vivante, il ne se consolerait jamais de les avoir perdues, et une part obscure de lui-même le savait car nous sommes toujours avertis... Il entendit Geo lui dire, pendant que les dames étaient au vestiaire :

« Yves, je t'en supplie, mets-toi au fond. J'aurai l'Anglais à côté de moi, je serai plus tranquille. »

Yves répondit que lui aussi serait plus tranquille. Déjà l'auto démarrait. Yves était assis en sandwich entre les deux dames dont l'une demandait à l'autre :

« Comment ? Vous n'avez pas lu *Paludes* ? C'est roulant... Mais oui, de Gide.

– Je n'ai pas trouvé ça drôle, je me souviens maintenant que je l'ai lu ; qu'est-ce que ça a de drôle ?

– Moi, je trouve ça roulant...

– Oui, mais qu'est-ce que ça a de drôle ?

– Frontenac, expliquez-lui... »

Il répondit, effrontément :

« Je ne l'ai pas lu.

– Pas lu *Padudes* ? s'écria la dame stupéfaite.

– Non, pas lu *Paludes*. »

Il pensait à l'escalier qu'il descendait, trois jours plus tôt ; il avait levé la tête, sa mère était penchée sur la rampe. « Je la reverrai dans quinze jours », se répéta-t-il. Elle ne connaîtrait jamais la faute qu'il avait commise à son égard en traversant Bordeaux sans l'embrasser. Il prit, à cette minute-là, conscience de l'amour qu'elle lui inspirait, comme il ne l'avait jamais fait depuis sa petite enfance, lorsqu'il sanglotait, les jours de rentrée, à l'idée d'être séparé d'elle jusqu au soir. Par-dessus sa tête, les dames parlaient d'il ne savait qui.

« Il m'a suppliée de demander une invitation à Marie-Constance. Je lui ai répondu que je ne la connaissais pas assez. Il a insisté pour que je l'obtienne, par l'entremise de Rose de Candale. J'ai dit que je ne voulais pas m'exposer à un refus. Là-dessus, ma chère, vous le croirez ou vous ne le croirez pas, il a éclaté en sanglots, criant qu'il y allait de son avenir, de sa réputation, de sa vie ; que si on ne le voyait pas à ce bal, il n'avait plus qu'à disparaître. J'ai eu l'imprudence de lui faire remarquer qu'il s'agissait d'une maison très fermée. « Très fermée ? a-t-il glapi, une maison où « vous êtes reçue ! »

– Vous comprenez, chérie, c'est tragique pour lui : il a fait croire partout qu'il était invité. L'autre jour, chez Ernesta, je me suis amusée à lui demander, pour voir sa tête, en quoi il serait déguisé, il m'a répondu : « En marchand d'esclaves. » Ce toupet ! Et trois jours après, nous nous étions donné le mot avec Ernesta, nous lui avons posé la même question, il a dit qu'il n'était pas sûr d'assister à ce bal, que ces choses-là ne l'amusaient plus...

– C'est trop fort, moi qui l'ai vu pleurer !

– Et tenez-vous bien... qu'il trouvait que Marie-Constance recevait maintenant n'importe qui... Et je puis bien vous le rapporter, après ce que vous m'avez dit : il vous a nommée, ma chère...

– Au fond, il est assez dangereux...

– Il peut créer des courants. Un homme, aussi décrié qu'il soit, s'il déjeune, goûte et dîne dans le monde tous les jours, est forcément redoutable : il dépose ses œufs dans les meilleurs endroits... et quand ils sont éclos, quand la petite vipère se tord sur la nappe, on ne sait plus que ça vient de lui...

– Après tout, si je téléphonais, ce soir, à Marie-Constance ? Je lui ai pris une loge de mille francs...

– Que ne fera-t-il pour vous, si vous lui obtenez une invitation !

– Oh ! je ne lui demande rien.

– Et quand même vous le lui demanderiez...

– Vous êtes rosse, chérie... Non ? vous croyez ?

– Je n'en suis pas certaine... enfin, c'est ce qu'on peut appeler un couci-couça.

– Et plutôt couça que couci...

– Non, mais qu'elle est drôle ! vous l'avez entendue, Frontenac ? »

Qu'est-ce que sa mère lui avait dit, pendant ces cinq minutes ? Elle lui avait dit : « A Respide, nous aurons des fruits en masse... » Il s'était établi, au-dessus de sa tête, entre les deux bouches peintes des jeunes femmes, un vif courant d'ordures qu'Yves aurait pu grossir aisément ; mais cette boue, prête à jaillir de lui, se formait à la surface de lui-même, et non dans ces profondes régions où, à cette minute, il entendait sa mère lui dire : « Nous aurons, cette année, des fruits en masse... » et où il voyait cette figure penchée qui le regardait descendre, le suivait des yeux le plus longtemps possible. Cette figure blême... Il pensa : « pâleur des cardiaques... ». Ce fut comme un éclair ; mais avant qu'il l'eût pu saisir, le présage déjà s'effaçait.

« Tout ce que vous voudrez... mais quelle idiote ! Quand on est aussi embêtante que ça, on ne se cramponne pas. Allez, si elle croyait pouvoir en accrocher un autre, elle ne ferait pas la victime. Moi, je trouve que c'est déjà bien joli qu'Alberto l'ait supportée deux ans. Même en la trompant à revers de bras, je me demande où il a trouvé cette patience... Et vous savez qu'elle est beaucoup moins riche qu'elle ne l'avait fait croire ?

– Quand elle parle de mourir, je vous assure que c'est très impressionnant... Moi, je crois que ça finira mal.

– Ne vous en faites pas, vous verrez qu'elle se blessera juste assez pour rendre son mari odieux. Et, finalement, nous l'aurons toujours sur les bras, vous verrez ! Parce que, tout de même, il faut bien l'inviter, et on est sûr qu'elle est toujours libre, celle-là ! »

Yves pensait aux scrupules de sa mère, au sujet des manquements à la charité. « Il faut que j'aille me confesser », disait-elle, lorsqu'elle s'était emportée contre Burthe. La bonté de Jean-Louis... son absence de flair devant le mal. Comme Yves le faisait souffrir lorsqu'il se moquait de Dussol ! Le monde, ce monde avec lequel, aujourd'hui, le dernier des Frontenac hurlait de toutes ses forces... La bonté de Jean-Louis contrebalançait, aux yeux d'Yves, la férocité du monde. Il croyait à la bonté, à cause de sa mère et de Jean-Louis. « Voici que je vous envoie comme des agneaux au milieu des loups... » Il vit surgir de partout des foules sombres où palpitaient des coiffes blanches, des voiles... Lui aussi, il avait été créé pour cette douceur. Il irait à Respide, seul avec sa mère ; trois semaines le séparaient de cet été torride où il y aurait des fruits en masse. Il aurait soin de ne pas la blesser, il éviterait de lui faire de la peine. Cette fois, il saurait ne pas s'irriter. Dès le premier soir, il se promettait de lui demander de réciter la prière en commun ; elle n'en croirait pas ses oreilles ; il jouissait d'avance de la joie qu'elle en aurait. Il lui ferait des confidences. Par exemple, ce qui lui était arrivé, au mois de mai, dans une boîte de nuit... Tant pis, il faudrait qu'elle apprît qu'il fréquentait ces endroits... Il lui dirait : « J'avais bu un peu de champagne, je m'endormais, il était tard ; une femme, debout sur une table, chantait une chanson que j'écoutais distraitement et dont les gens reprenaient le refrain ; car c'était une chanson de soldats et tout le monde la connaissait. Et voici qu'au dernier couplet, le nom du Christ fut prononcé, mêlé à des choses immondes. A ce moment-là (Yves se représentait sa mère écoutant avec cet air passionné...), à ce moment-là, j'ai ressenti une douleur, presque physique, comme si ce blasphème m'atteignait en pleine poitrine ». Elle se lèverait, l'embrasserait, lui dirait quelque chose comme : « Tu vois, mon chéri quelle grâce... » Il imaginait la nuit, ce ciel d'août, fourmillant, l'odeur du regain en meule qu'on ne verrait pas.

Dans les jours qui suivirent, il fut rassuré, rien n'arrivait. Sa vie fut plus dissipée qu'elle ne l'avait été jusqu'alors. C'était l'époque où, avant le départ de l'été, les gens qui s'amusent mettent les bouchées doubles ; l'époque où ceux qui aiment, souffrent de la séparation inévitable et où ceux qui sont aimés respirent enfin ; l'époque où les marronniers consumés de Paris voient, à l'aube, autour d'une auto, des hommes en habit et des femmes frissonnantes qui n'en finissent pas de se dire adieu.

Il arriva qu'un de ces soirs, Yves ne sortit pas. Etait-ce lassitude, maladie, chagrin du cœur ? Enfin, il demeurait seul dans son cabinet, souffrant de la solitude comme on en souffre à cet âge, comme d'un mal intolérable auquel il faut échapper coûte que coûte. Toute sa vie était organisée avec soin pour qu'aucun soir ne demeurât vacant ; mais le mécanisme, cette fois, n'avait pas joué. Nous disposons des autres comme s'ils étaient des pions, afin de ne laisser aucune case vide ; mais eux aussi jouent leur jeu secret, nous poussent du doigt, nous écartent ; nous pouvons être soufflés, mis de côté. La voix qui, à la dernière minute, dit au téléphone : « Excusez-moi, je me trouve empêchée... » appartient toujours à celui des deux qui n'a rien à ménager, qui peut tout se permettre. Si la solitude d'Yves, ce soir-là, n'eût pas été due à l'absence d'une certaine femme, il aurait pu s'habiller, sortir, retrouver des gens. Puisqu'il demeurait immobile, sans lumière, c'était sans doute qu'il avait reçu une blessure, et qu'il saignait dans le noir.

Le téléphone appela, ce n'était point la sonnerie habituelle : des coups rapides, répétés. Il entendit beaucoup de « friture » puis : « On vous parle de Bordeaux. » Il pensa d'abord à sa mère, au malheur, mais n'eut pas le temps de souffrir, car c'était la voix même de sa mère qu'il percevait, très loin, venue d'un autre monde. Elle appartenait à la génération qui ne savait pas téléphoner.

« C'est toi, Yves ? c'est maman qui te parle...

– Je t'entends très mal. »

Il comprit qu'elle avait une crise de rhumatismes aiguë, qu'on l'envoyait à Dax, que son arrivée à Respide serait retardée de dix jours.

« Mais tu pourrais me rejoindre à Dax... pour ne pas perdre un jour de ceux que nous devons passer ensemble. »

C'était pour cela qu'elle téléphonait, pour obtenir cette assurance. Il répondit qu'il irait la retrouver, dès qu'elle voudrait. Elle n'entendait pas. Il insistait, s'impatientait :

« Mais oui, maman. J'irai à Dax. »

Très loin, la pauvre voix s'obstinait : « Viendras-tu à Dax ? » Et puis tout s'éteignit. Yves s'acharna quelques instants encore, n'obtint plus rien. Il demeurait assis à la même place ; il souffrait.

Le lendemain, il n'y songeait plus. La vie ordinaire reprit. Il s'amusait, ou plutôt, il suivait, jusqu'à l'aube, les traces d'une femme qui, elle, s'amusait. Comme il rentrait au petit jour, il dormait tard. Un matin, le timbre de l'entrée l'éveilla. Il crut que c'était le facteur des lettres recommandées, entrebâilla la porte et vit Jean-Louis. Il l'introduisit dans le cabinet dont il poussa les volets : un brouillard de soufre couvrait les toits. Il demanda à Jean-Louis, sans le regarder, s'il venait à Paris pour affaires. La réponse fut, à peu près, telle qu'il l'attendait : leur mère n'allait pas très bien ces jours-ci, Jean-Louis était venu chercher Yves, pour le décider à partir plus tôt. Yves regarda Jean-Louis : il portait un costume gris, une cravate noire à pois blancs. Yves demanda pourquoi on ne lui avait pas télégraphié ou téléphoné.

« J'ai eu peur qu'une dépêche te saisisse. Au téléphone, on ne se comprend pas.

– Sans doute, mais tu n'aurais pas été obligé de quitter maman. Je m'étonne que tu aies pu la laisser, fût-ce pour vingt-quatre heures... Pourquoi es-tu venu ? Puisque tu es venu... »

Jean-Louis le regardait fixement. Yves, un peu pâle, sans élever la voix, demanda :

« Elle est morte ? »

Jean-Louis lui prit la main, ne le perdant pas des yeux. Alors Yves murmura « qu'il le savait ».

« Comment le savais-tu ? »

Il répétait « je le savais », tandis que son frère

donnait en hâte des détails qu'Yves n'avait pas encore songé à demander.

« C'est lundi soir, non, mardi... qu'elle s'est plainte pour la première fois... »

Tout en parlant, il s'étonnait du calme d'Yves ; il était déçu, et pensait qu'il aurait pu s'épargner ce voyage, demeurer près du corps de sa mère, tant qu'il était là encore, ne perdre aucune minute. Il ne pouvait deviner qu'un simple scrupule « fixait » la douleur d'Yves, comme ces abcès que le médecin provoque. Sa mère avait-elle su qu'il avait retraversé Bordeaux, sans l'embrasser au passage ? En avait-elle souffert ? Etait-il un monstre d'y avoir manqué ? S'il avait fait cette halte, au retour de Guéthary, sans doute ne fût-il rien advenu de plus qu'à l'aller : quelques recommandations, des rappels de prudence, un embrassement ; elle l'aurait suivi jusqu'au palier, se serait penchée sur la rampe, l'aurait regardé descendre le plus longtemps possible. D'ailleurs, s'il ne l'avait revue, du moins avait-il perçu sa voix dans le téléphone ; il la comprenait bien, mais elle, pauvre femme, entendait mal... Il demanda à Jean-Louis si elle avait eu le temps de le nommer. Non : comme elle pensait revoir son « Parisien », elle avait paru plus occupée de José, qui était au Maroc. Les larmes d'Yves jaillirent enfin, et Jean-Louis en éprouva du soulagement. Lui, demeurait calme, diverti de sa douleur. Il regardait cette pièce où régnait encore le désordre de la veille, où le goût russe de ces années-là se trahissait dans la couleur du divan et des coussins ; mais celui qui l'habitait, songeait Jean-Louis, n'avait dû s'en amuser que peu de jours ; on le devinait indifférent à ces choses. Jean-Louis trahissait, un instant, sa mère morte au profit de son frère vivant, tout occupé à observer autour de lui, à chercher des vestiges, des signes... Une seule photographie : celle de Nijinski dans le *Spectre de la Rose*. Jean-Louis leva les yeux vers Yves debout contre la cheminée, frêle dans son pyjama bleu, les cheveux en désordre, et qui faisait, pour pleurer, la même grimace que quand il était petit. Son frère lui dit doucement d'aller s'habiller, et, seul, continua d'interroger du regard ces murs, cette table pleine de cendres, cette moquette brûlée.

XVI

TOUT ce que la paroisse pouvait fournir de prêtres et d'enfants de chœur précédait le char. Yves, au milieu de ses deux frères et de l'oncle Xavier, sentait profondément le ridicule de leurs figures ravagées dans le jour brutal, de son habit, de son chapeau de soie (José portait l'uniforme de l'infanterie coloniale). Yves observait la physionomie des gens sur le trottoir, ce regard avide des femmes. Il ne souffrait pas, il ne sentait rien, il entendait, par bribes, les propos qu'échangeaient, derrière lui, oncle Alfred et Dussol. (On avait dit à ce dernier : « Vous êtes de la famille, voyons ! Vous marcherez immédiatement après nous... »)

« C'était une femme de tête, disait Dussol. Je ne connais pas de plus bel éloge. J'irai jusqu'à dire : c'était une femme d'affaires. Du moins le serait-elle devenue avec un mari qui l'aurait formée.

– En affaires, remarqua Caussade, une femme peut se permettre beaucoup de choses qui nous sont défendues.

– Dites donc, Caussade, vous vous la rappelez, lors de l'affaire Métairie ? Métairie, vous savez bien, le notaire qui avait levé le pied ? Elle en était pour soixante mille francs. A minuit, elle vient me chercher et me supplie de l'accompagner chez Mme Métairie. Blanche lui a fait signer une reconnaissance de dettes... Ce n'était pas drôle. Il fallait du cran... Elle en a eu pour dix ans de procès ; mais à la fin, elle a été payée intégralement, et avant tous les autres créanciers. C'est beau, ça.

– Oui, mais elle nous a souvent répété que s'il ne s'était agi de l'argent de ses enfants, dont elle avait la gestion, elle n'aurait jamais eu ce courage...

– C'est possible, parce qu'elle a eu, à certaines époques, la maladie du scrupule : son seul point faible... »

Oncle Alfred protesta, d'un air cafard, « que c'était ce qu'il y avait d'admirable en elle ». Dussol haussait les épaules :

« Allons, laissez-moi rire. Je suis un honnête homme, quand on veut parler d'une maison honnête, on cite la nôtre... Mais nous savons ce que c'est que les affaires. Blanche s'y serait mise, oui... Elle aimait l'argent. Elle n'en rougissait pas.

– Elle préférait la terre.

– Elle n'aimait pas la terre pour elle-même. A ses yeux, la terre représentait de l'argent, comme les billets de banque ; seulement elle jugeait que c'était plus sûr. Elle m'a affirmé que, bon an mal an, tous frais défalqués, si on calculait sur une période de dix années, ses propriétés lui rapportaient du quatre et demi et jusqu'à du cinq. »

Yves ressuscitait sa mère, le soir, sur le perron, au milieu des pins de Bourideys ; il la voyait venir vers lui, dans l'allée du tour du parc, son chapelet à la main ; ou, à Respide, il l'imaginait, lui parlant de Dieu, devant les collines endormies. Il cherchait dans sa mémoire des paroles d'elle qui eussent témoigné de son amour pour la terre ; et elles s'éveillaient en foule. D'ailleurs, avant même de mourir, Jean-Louis avait raconté qu'elle avait montré le ciel de juin, par la fenêtre ouverte, les arbres pleins d'oiseaux et qu'elle avait dit : « C'est cela que je regrette... »

« Il paraît, disait Dussol, que ce fut sa dernière parole ; montrant les vignes, elle a soupiré : « Que je regrette cette belle récolte ! »

– Non, à moi on m'a dit qu'elle parlait de la campagne en général, de la belle nature...

– Ce sont ses fils qui le racontent (Dussol avait baissé la voix), ils ont compris à leur manière ; vous les connaissez... Ce pauvre Jean-Louis ! Mais moi, je trouve que c'est bien plus beau : c'était la récolte qu'elle ne vendangerait pas, ce vignoble qu'elle avait complètement renouvelé, c'était son bien qu'elle pleurait... On ne m'ôtera pas cela de la tête. Je la connaissais depuis quarante ans. Dites donc, figurez-vous, un jour elle se plaignait de ses fils, je lui ai dit qu'elle était une poule qui avait couvé des canards. Ce qu'elle a ri...

– Non, Dussol, non : elle était fière d'eux et à juste titre.

– Je ne dis pas le contraire. Mais Jean-Louis me fait rire quand il soutient qu'elle avait du goût pour les élucubrations d'Yves. D'ailleurs, c'était la raison même que cette femme, l'équilibre, le bon sens incarné. Voyons, il ne faut pas venir me raconter des histoires, à moi. Dans toutes mes difficultés avec Jean-Louis au sujet de la participation aux bénéfices, de ces conseils d'usine et de toutes ces histoires à dormir debout, je sentais bien qu'elle était pour moi. Elle s'inquiétait des « rêvasseries » de son fils comme elle les appelait. Elle me suppliait de ne pas le juger là-dessus « Laissez-lui le temps, me disait-elle, vous verrez que c'est un garçon sérieux... »

Yves ne pensait plus à sa tenue ridicule, ni à ses souliers vernis ; il n'observait plus la figure des gens, sur les trottoirs. Pris dans cette chaîne, entre le corbillard et Dussol (dont une parole saisie l'aidait à deviner les horribles propos), il avançait, tête basse. « Elle aimait les pauvres, songeait-il ; quand nous étions petits, elle nous faisait gravir des escaliers sordides ; elle chérissait les filles repenties. Tout ce qui touche à mon enfance, dans mes poèmes, elle ne le lisait jamais sans pleurer... » La voix de Dussol ne s'arrêtait pas.

« Les courtiers filaient doux avec elle. En voilà une qui savait limer un bordereau, toujours sans escompte ni courtage...

– Dites donc, Dussol, est-ce que vous l'avez vue quelquefois recevant ses locataires ? Je ne sais pas comment elle s'arrangeait pour leur faire payer les réparations... »

Yves savait, par Jean-Louis, que ce n'était pas vrai : les baux avaient été renouvelés en dépit du bon sens et sans tenir compte de la plus-value des immeubles. Pourtant, il ne pouvait conjurer cette caricature, que Dussol lui imposait, de sa mère telle qu'elle apparaissait aux autres, dépouillée du mystère Frontenac. La mort ne nous livre pas seulement aux vers, mais aussi aux hommes, ils rongent une mémoire, ils la décomposent ; déjà Yves ne reconnaissait plus l'image de la morte en proie à Dussol, et dont le visage de chair avait « tenu » plus longtemps. Cette mémoire, il faudrait la reconstruire en lui, effacer les taches, il fallait que Blanche Frontenac redevînt pareille à ce qu'elle avait été. Il le fallait, pour qu'il pût vivre, pour qu'il pût lui survivre. Qu'elle est longue, jusqu'au cimetière, cette rue d'Arès qu'à travers un quartier de bordels, la Famille suit en habit du soir et en souliers vernis, dans une pompe grotesque et sauvage ! et les textes sublimes de l'Eglise sont marmottés par ces prêtres que l'on dit « habitués », terriblement habitués ! Dussol, qui avait baissé la voix, de nouveau haussa le ton, et Yves ne pouvait se retenir de tendre l'oreille.

« Non, Caussade, là je ne vous suis plus. C'est justement sur ce point que je trouve en défaut cette femme admirable. Non, ce n'était pas une éducatrice. Notez que je ne suis pas sans religion, ces messieurs de la Paroisse me trouvent toujours quand ils ont besoin de moi, ils le savent et ils en profitent. Mais si j'avais eu des fils, une fois leur Communion faite, je les aurais invités à s'occuper des choses sérieuses. Blanche n'a pas assez tenu compte de l'atavisme qui pesait sur les siens. Ce n'est pas pour dire du mal du pauvre Michel Frontenac... »

Et comme Caussade protestait que toute sa vie, Michel avait fait profession d'anticléricalisme, Dussol reprit :

« Je m'entends, c'était tout de même un rêvasseur, un homme qui, même en débattant une affaire, cachait toujours un bouquin au fond de ses poches. Ça suffisait à le juger. Si je vous disais que j'ai vu traîner un livre de vers dans le bureau où nous traitions les marchés ! je me souviens qu'il me l'a pris des mains, il avait l'air gêné...

– L'air gêné ? peut-être s'agissait-il d'un ouvrage polisson ?

– Non, ce n'était pas son genre. Après tout, peut-être voyez-vous juste... Je me rappelle maintenant que c'était un recueil de Baudelaire... *La charogne,* vous savez ? Michel, un esprit fin, tant que vous voudrez, mais comme homme d'affaires, j'ai été aux premières loges pour juger de ce qu'il valait. Heureusement pour la Maison et pour les enfants Frontenac que j'étais là. L'exaltation religieuse de Blanche a certainement développé chez eux ces tendances ; aussi, entre nous, qu'est-ce que ça a donné... »

De nouveau, il baissa la voix. Yves se répétait : « Qu'est-ce que ça a donné ? » Etait-il un homme ? Oui, mais non pas ce que Dussol appelle un homme. Qu'est-ce qu'un homme, au sens où l'entend Dussol ? Et que pouvait Blanche Frontenac pour rendre ses fils différents de ce qu'ils étaient devenus ? Après tout, Jean-Louis avait fondé un foyer, comme ils disent. Il menait très bien les affaires, y prenait plus d'influence que Dussol et son renom de « patron social » s'étendait dans tous les milieux. José risquait sa peau au Maroc (non... il ne quittait guère Rabat) ; et Yves... Tout de même ils voyaient bien qu'on parlait de lui dans le journal... En quoi étaient-ils différents des autres, les enfants Frontenac ? Yves n'aurait su le dire ; mais ce Dussol, dont se balançait derrière lui la masse énorme, n'en détenait pas moins le pouvoir de l'inquiéter, de l'humilier jusqu'à l'angoisse.

Au bord du tombeau ouvert, dans le remous des « vrais amis » (« J'ai tenu à l'accompagner jusqu'au bout... »), Yves, aveuglé par les larmes et qui n'entendait plus rien, entendit tout de même – dominant le bruit du cercueil raclé contre la pierre et le halètement des fossoyeurs à tête d'assassins – la voix implacable, la voix satisfaite de Dussol :

« C'était une maîtresse femme ! »

Ce jour-là, en signe de deuil, le travail fut suspendu à Bourideys et à Respide. Les bœufs restèrent à l'étable et crurent que c'était dimanche. Les hommes allèrent boire dans l'auberge qui sent l'anis. Comme un orage montait, Burthe pensa que le foin serait peut-être gâché et que la pauvre madame aurait eu du chagrin qu'à cause d'elle, on ne le mît pas à l'abri. La Hure coulait sous les vergnes. Près du vieux chêne, à l'endroit où la barrière est démolie, la lune faisait luire, dans l'herbe, ce médaillon que Blanche avait perdu trois années plus tôt, pendant les vacances de Pâques, et que les enfants avaient si longtemps cherché.

XVII

PENDANT l'hiver qui suivit et durant les premiers mois de 1913, Yves parut plus amer qu'il n'avait jamais été. Son front se dégarnit, ses joues se creusèrent, ses yeux brûlaient sous l'arcade des sourcils, plus saillante. Pourtant, il était lui-même scandalisé de sa trop facile résignation et de ce que la morte ne lui manquait pas : comme depuis longtemps il n'avait vécu auprès d'elle, rien n'était changé à son train ordinaire, et il passait des semaines sans prendre, une seule fois, conscience de cette disparition.

Mais il demandait davantage aux êtres qu'il aimait. Cette exigence que l'amour de sa mère n'avait jamais trompée, il la transférait, maintenant, sur des objets qui, jusqu'alors, avaient pu l'occuper, l'inquiéter, et même le faire un peu souffrir, sans toutefois bouleverser sa vie. Il avait été accoutumé à pénétrer dans l'amour de sa mère, comme il s'enfonçait dans le parc de Bourideys qu'aucune barrière ne séparait des pignadas, et où l'enfant savait qu'il aurait pu marcher des jours et des nuits, jusqu'à l'Océan. Et désormais, il entrait dans tout amour avec cette curiosité fatale d'en toucher la limite ; et, chaque fois, avec l'espérance obscure de ne l'atteindre jamais. Hélas ! c'était presque dès les premiers pas qu'il la touchait ; et d'autant plus sûrement que sa manie le rendait fatigant et insupportable. Il n'avait de cesse qu'il n'eût démontré à ses amies que leur amour n'était qu'une apparence. Il était de ces garçons malheureux qui répètent : « Vous ne m'aimez pas » pour obtenir l'assurance contraire, mais leur parole est pénétrée d'une force persuasive dont ils n'ont pas conscience ; et à celle qui protestait mollement, Yves fournissait des preuves qui achevaient de la convaincre qu'en effet elle ne l'aimait pas et ne l'avait jamais aimé.

En ce printemps de 1913, il en était arrivé au point de considérer son mal comme ces douleurs physiques dont on guette la fin, d'heure en heure, avec la terreur de ne pouvoir tenir le coup. Et même dans le monde, pour peu que l'objet de son amour s'y trouvât, il ne pouvait plus cacher sa plaie, souffrait à ciel ouvert, laissait partout des traces de sang.

Yves ne doutait point d'être un obsédé ; et, comme il ressassait des trahisons imaginaires, il n'était jamais très sûr, même après avoir pris son amie sur le fait, de ne pas être victime d'une hallucination. Quand elle lui affirmait, par serment, que ce n'était pas elle qui se trouvait dans cette auto, auprès du garçon avec qui elle avait dansé la veille, il s'en laissait convaincre, bien qu'il fût assuré de l'avoir reconnue. « Je suis devenu fou », disait-il, et il préférait croire qu'il l'était en effet devenu ; d'abord pour prendre le temps de respirer, aussi courte que dût être cette interruption de souffrance, et puis parce qu'il lisait dans les yeux chéris une alarme non jouée. « Il faut me croire », ordonnait-elle avec un désir ardent de le consoler, de le rassurer. Il ne résistait pas à ce magnétisme : « Regarde-moi dans les yeux, tu me crois maintenant ? »

Ce n'était point qu'elle fût meilleure qu'une autre ; mais Yves ne devait prendre conscience que beaucoup plus tard de ce pouvoir qu'il détenait d'éveiller une patiente tendresse dans des créatures qui, d'ailleurs, le torturaient. Comme si, auprès de lui, elles se fussent pénétrées, à leur insu, de l'amour maternel dont, pendant de longues années, il avait connu la chaleur. En août, bien avant dans la nuit, la terre, saturée de soleil, est chaude encore. Ainsi l'amour de sa mère morte rayonnait autour de lui, touchait les cœurs les plus durs.

C'était peut-être ce qui l'aidait à ne pas mourir sous les coups qu'il recevait. Car aucun autre appui ne lui restait, aucun secours ne lui venait de sa famille. Tout ce qui subsistait du mystère Frontenac ne lui arrivait plus que comme les débris d'un irréparable naufrage. La première fois qu'il revint à Bourideys, après la mort de sa mère, il eut l'impression d'avancer dans un songe, dans du passé matérialisé. Il rêvait de ces pins plus qu'il ne les voyait. Il se rappelait cette eau furtive sous les vergnes aujourd'hui coupés, et dont les nouvelles branches se rejoignaient déjà ; mais il leur substituait les troncs couverts de lierre que la Hure reflétait dans les vacances d'autrefois. L'odeur de cette prairie mouillée le gênait, parce que la menthe y dominait moins que dans son souvenir. Cette maison, ce parc devenaient aussi encombrants que les vieilles ombrelles de sa mère et que ses chapeaux de jardin que l'on n'osait pas donner et que l'on ne pouvait jeter (il y en avait un très ancien, où des hirondelles étaient cousues). Une part immense du mystère Frontenac avait été comme aspirée par ce trou, par cette cave où l'on avait étendu la mère de Jean-Louis, de José, d'Yves, de Marie et de Danièle Frontenac. Et quand parfois un visage surgissait de ce monde aux trois quarts détruit, Yves éprouvait l'angoisse d'un cauchemar.

Ainsi, en 1913, par un beau matin d'été, lui apparut, dans l'encadrement de la porte, une grosse femme qu'il reconnut du premier coup d'œil, bien qu'il ne l'eût aperçue qu'une seule fois, dans la rue. Mais cette Joséfa tenait, depuis des années, le premier rôle dans les plaisanteries de la famille Frontenac. Elle n'en revenait point d'être reconnue : et quoi ! M. Yves se doutait de son existence ? Depuis toujours, ces petits messieurs savaient que leur oncle ne vivait pas seul ? Le pauvre qui s'était donné tant de mal pour qu'ils ne découvrissent rien ! Il en serait désespéré... Mais, d'autre part, tout était peut-être mieux ainsi, il venait d'avoir chez elle deux crises très graves d'angine de poitrine (il fallait que ce fût sérieux pour qu'elle se fût permis d'aller voir M. Yves). Le médecin interdisait au malade de rentrer chez lui. Il se lamentait jour et nuit, le pauvre, à l'idée de mourir sans embrasser ses neveux. Mais du moment qu'ils étaient avertis que leur oncle avait une liaison, ce n'était plus la peine qu'il se cachât. Il faudrait l'y préparer, par exemple, car il était bien loin de se croire découvert... Elle lui dirait que la famille le savait depuis très peu de temps, qu'elle lui avait pardonné... Et comme Yves déclarait sèchement que les fils Frontenac n'avaient rien à pardonner à un homme qu'ils vénéraient plus que personne au monde, la grosse femme insista :

« D'ailleurs, monsieur Yves, je puis bien vous le dire, vous êtes d'âge à savoir, il n'y a plus rien entre nous, depuis des années... vous pensez ! on n'est plus des jeunesses. Et puis, le pauvre, dans son état, je n'ai pas voulu qu'il se fatigue, qu'il prenne mal. Ce n'est pas moi qui vous l'aurais tué. Il est comme un petit enfant avec moi, un vrai petit enfant. Je ne suis pas la personne que vous croyez, peut-être... Mais si ! ce serait très naturel... Mais vous pouvez interroger sur moi à la paroisse, ces messieurs me connaissent bien... »

Elle minaudait, ressemblait exactement à l'image que s'étaient toujours faite d'elle les enfants Frontenac. Elle portait un manteau, genre Shéhérazade, aux manches lâches, étroit du bas, et attaché à la hauteur du ventre par un seul bouton. Les yeux étaient encore beaux sous le chapeau cloche qui ne dissimulait ni le nez épais et retroussé ni la bouche vulgaire ni le menton effondré. Elle contemplait avec émotion « Monsieur Yves ». Bien qu'elle ne les eût jamais vus, elle connaissait les enfants Frontenac depuis le jour de leur naissance ; elle les avait suivis pas à pas, s'était intéressée à leurs moindres maladies. Rien n'était indifférent à ses yeux de ce qui se passait dans l'empyrée des Frontenac. Très au-dessus d'elle, s'agitaient ces demi-dieux dont, par une fortune extraordinaire, elle pouvait suivre les moindres ébats, du fond de son abîme. Et bien que dans les histoires merveilleuses dont elle se berçait, elle se fût souvent représenté son mariage avec Xavier et d'attendrissantes scènes de famille où Blanche l'appelait « ma sœur », et les petits « tante Joséfa », elle n'avait pourtant jamais cru que la rencontre de ce matin fût dans l'ordre des choses possibles, ni qu'elle dût, un jour, contempler face à face un des enfants Frontenac, et s'entretenir familièrement avec lui.

Et pourtant, elle avait l'impression si vive d'avoir toujours connu Yves, que devant ce jeune homme frêle, à la figure ravagée, qu'elle voyait pour la première fois, elle songeait : « Comme il a maigri ! »

« Et M. José ? toujours content au Maroc ? Votre oncle se fait bien du souci, il paraît que ça chauffe là-bas, et les journaux ne disent pas tout. Heureusement que la pauvre madame n'est plus là pour se faire du mauvais sang, elle se serait mangée... »

Yves l'avait priée de s'asseoir et restait debout. Il faisait un immense effort pour remonter à la surface de son amour, pour avoir au moins l'air d'écouter, de s'intéresser. Il se disait : « Oncle Xavier est très malade, il va mourir, après lui ce sera fini des vieux Frontenac... » Mais il s'éperonnait en vain. Impossible pour lui de rien sentir d'autre que la terreur de ce qui approchait : l'échéance de l'été, ces semaines, ces mois de séparation, chargés d'orages, traversés de pluie furieuse, brûlés d'un soleil mortel. La création entière, avec ses astres et avec ses fléaux, se dresserait entre lui et son amour. Quand il le retrouverait enfin, ce serait l'automne ; mais, d'abord, il fallait franchir seul un océan de feu.

Il devait passer les vacances auprès de Jean-Louis, à ce foyer où sa mère avait tant désiré qu'il pût trouver un abri, quand elle ne serait plus là. Peut-être s'y fût-il résigné, si la douleur de la séparation avait été partagée ; mais « elle » était invitée sur un yacht, pour une longue croisière, et vivait dans la fièvre des essayages ; sa joie éclatait sans qu'elle songeât à se contraindre. Il ne s'agissait plus, pour Yves, de soupçons imaginaires, de craintes tour à tour éveillées et apaisées, mais de cette joie brutale, pire qu'aucune trahison, et qu'une jeune femme ressentait, en se séparant de lui. Elle était enivrée de ce qui le tuait. Patiemment, elle avait feint la tendresse, la fidélité ; et voici qu'elle se démasquait d'un seul coup, sans perfidie d'ailleurs, car elle n'aurait voulu lui causer aucune peine. Elle croyait tout arranger en lui répétant :

« C'est un bonheur pour toi ; je te fais trop de mal... En octobre, tu seras guéri.

– Mais une fois, tu m'as dit que tu ne voulais pas que je guérisse.

– Quand t'ai-je dit cela ? Je ne me souviens pas.

– Voyons ! c'était en janvier, un mardi, nous sortions du Fischer ; nous passions devant le *Gagne-Petit,* tu t'es regardée dans la glace. »

Elle secouait la tête, d'un air importuné. Cette parole qui avait pénétré Yves de douceur et sur laquelle il avait vécu, pendant plusieurs semaines, qu'il se répétait encore lorsque tout le charme s'en était depuis longtemps évaporé, elle niait à présent qu'elle l'eût jamais prononcée... C'était sa faute : il élargissait à l'infini les moindres propos de cette femme, leur prêtait une valeur fixe, et une signification immuable, lorsqu'ils n'exprimaient que l'humeur d'une seconde...

« Tu es sûr que je t'ai dit cela ? C'est possible, mais je ne me souviens pas... »

La veille, Yves avait entendu cette parole affreuse dans ce même petit bureau où maintenant une personne est assise, une grosse blonde qui a chaud, trop chaud pour demeurer dans une pièce si étroite, bien que la fenêtre en soit ouverte. Joséfa s'était installée, et couvait Yves des yeux.

« Et M. Jean-Louis ! ce qu'il est bien ! Et Mme Jean-Louis, on voit qu'elle est si distinguée. Leur photographie de chez Coutenceau est sur le bureau de votre oncle, avec le bébé entre eux.

Quel amour de petite fille ! Elle a tout à fait le bas de figure des Frontenac. Je dis souvent à votre oncle : « C'est une Frontenac tout craché. » Il aime les enfants, même tout petits. Quand ma fille, qui est mariée à Niort avec un garçon très sérieux, employé dans une maison de gros (et c'est déjà sur lui que tout repose parce que son patron a des rhumatismes articulaires), quand ma fille amène son bébé, votre oncle le prend sur ses genoux et ma fille dit qu'on voit bien qu'il a été habitué à pouponner... »

Elle s'interrompit, brusquement intimidée : M. Yves ne se dégelait pas. Il la prenait pour une intrigante, peut-être...

« Je voudrais que vous sachiez, monsieur Yves... Il m'a donné un petit capital, une fois pour toutes, des meubles... mais vous trouverez tout, vous pensez. Si quelqu'un est incapable de faire le moindre tort à la famille... »

Elle disait « la famille », comme s'il n'en eût existé qu'une seule au monde, et Yves, consterné, voyait deux larmes grosses comme des lentilles glisser le long du nez de la dame. Il protesta que les Frontenac ne l'avaient jamais soupçonnée d'aucune indélicatesse, et qu'ils lui étaient même reconnaissants des soins qu'elle avait prodigués à leur oncle. L'imprudent dépassait le but : elle s'attendrit, et ce fut un déluge.

« Je l'aime tant ! je l'aime tant ! bégayait-elle ; et vous, bien sûr, je savais que je n'étais pas digne de vous approcher, mais je vous aimais tous, oui, tous ! je peux bien le dire, ma fille de Niort m'en faisait quelquefois des reproches ; elle disait que je m'intéressais à vous plus qu'à elle, et c'était vrai ! »

Elle chercha un autre mouchoir dans son sac, elle ruisselait. A ce moment, le téléphone sonna.

« Ah ! c'est vous ? Oui... ce soir, dîner ? attendez que je voie mon carnet... »

Yves éloigna un instant le récepteur de son oreille. Joséfa qui, en reniflant, l'observait, s'étonna de ce qu'il ne consultait aucun carnet, mais regardait devant lui avec une expression de bonheur.

« Oui, je puis me rendre libre. – C'est gentil de me donner encore une soirée. – Où ça ? au Pré Catelan ? – Que je ne vous prenne pas chez vous ? oui, vous aimez mieux... – Mais ce me serait facile de passer chez vous... Pourquoi non ? – Quoi ? J'insiste toujours ? Mais que voulez-vous que ça me fasse... C'était pour que vous n'attendiez pas seule au restaurant, au cas où j'arriverais après vous... – Je dis : C'était pour que vous n'attendiez pas seule... Quoi ? Nous ne serons pas seuls ? Qui ça ? Geo ? – Mais aucun inconvénient... – Mais pas du tout ! – Pas contrarié du tout. – Quoi ? Evidemment, ce ne sera pas la même chose. – Je dis : Evidemment, ce ne sera pas la même chose. – Quoi ? Si je dois faire la tête ?... »

Joséfa le dévorait des yeux ; elle encensait du chef, vieille jument réformée que réveille une musique de cirque. Yves avait raccroché le récepteur, et tournait vers elle une figure contractée. Elle ne comprit pas qu'il hésitait à la jeter dehors, mais elle sentit que c'était le moment de prendre congé. Il la prévint qu'il écrirait à Jean-Louis au sujet de leur oncle. Dès qu'il aurait une réponse, il la transmettrait à Joséfa. Elle n'en finissait pas de trouver une carte pour lui laisser son adresse ; enfin elle partit.

Oncle Xavier était très malade, oncle Xavier était mourant. Yves se le répétait à satiété, y ramenait sa pensée rétive, appelait à son secours des images de l'oncle : dans un fauteuil de la chambre grise, rue de Cursol, à l'ombre du grand lit maternel... Yves tendait son front, à l'heure d'aller dormir, et l'oncle interrompait sa lecture : « Bonne nuit, petit oiseau... » L'oncle debout, en costume de ville, dans les prairies du bord de la Hure, taillant une écorce de pin en forme de bateau... *Sabe, sabe, caloumet. Te pourterey un pan naouet...* Mais Yves jetait en vain son filet ; en vain le retirait-il plein de souvenirs grouillants : ils glissaient tous, retombaient. Rien ne lui était que cette douleur ; et sur les images anciennes, d'énormes figures, toutes récentes, s'étendaient et les recouvraient. Cette femme horrible et Geo. Qu'est-ce que Geo venait faire dans son histoire ? Pourquoi Geo, précisément, ce dernier soir ? Pourquoi était-elle allée chercher celui-là, au lieu de tant d'autres, celui-là qu'il aimait ?... Sa voix faussement étonnée dans le téléphone. Elle ne voulait pas avoir l'air de lui cacher qu'ils étaient devenus intimes. Geo devait voyager, cet été... Yves n'avait pu obtenir de savoir où : Geo restait dans le vague, détournait la conversation. Parbleu, il faisait partie de la croisière ! Geo et elle, pendant des semaines, sur ce pont, dans ces cabines. Elle et Geo...

Il s'étendit à plat ventre sur le divan, mordit à pleines dents le revers de sa main. C'était trop, il saurait bien se venger de cette garce, lui faire du mal. Mais comment la salir, sans se déshonorer soi-même ? Il la salirait... un livre, parbleu ! Il faudrait bien qu'on la reconnût. Il ne cacherait rien, la couvrirait de boue. Elle apparaîtrait dans ces pages à la fois grotesque et immonde. Toutes ses habitudes, les plus secrètes... Il livrerait tout... même son physique... Il était seul à connaître d'elle des choses affreuses... Mais il faudrait du temps pour écrire le livre... Tandis que la tuer, ça pourrait être dès ce soir, tout de suite. Oui, la tuer, qu'elle s'aperçoive de la menace, qu'elle ait le temps d'avoir peur ; elle était si lâche ! Qu'elle se voie mourir, qu'elle ne meure pas tout de suite ; qu'elle se sache défigurée...

Il se vidait peu à peu de sa haine ; il en exprima une dernière goutte. Alors, il prononça à mi-voix, très doucement, le prénom bien-aimé ; il le répétait en détachant chaque syllabe ; tout ce qu'il pouvait avoir d'elle : ce prénom que personne au monde ne pouvait lui défendre de murmurer, de crier. Mais il y avait les voisins, à l'étage supérieur, qui entendaient tout. A Bourideys, Yves avait eu le refuge de sa bauge. Les jaugues aujourd'hui devaient recouvrir l'étroite arène où, par un beau jour d'automne, tout lui avait été annoncé d'avance ; il imagina que cet imperceptible point du monde bourdonnait de guêpes, dans cette chaude matinée ; les bruyères pâles sentaient le miel, et peut-être le vent léger détachait-il des pins une immense nuée de pollen. Il voyait dans ses moindres détours le sentier qu'il suivait, pour rentrer à la maison, jusque sous le couvert du parc – et cet endroit où il avait rencontré sa mère. Elle avait jeté, sur sa robe d'apparat, le châle violet rapporté de Salies. Elle avait recouvert Yves de ce châle, parce qu'elle l'avait senti frémir.

« Maman ! gémit-il, maman... »

Il sanglotait ; il était le premier des enfants Frontenac à appeler sa mère morte, comme si elle eût été vivante. Dix-huit mois plus tard, ce serait le tour de José, le ventre ouvert, au long d'une interminable nuit de septembre, entre deux tranchées.

XVIII

DANS la rue Joséfa se souvint de son malade, il était seul et une crise pouvait à chaque instant survenir. Elle regretta de s'être attardée auprès d'Yves, se fit des reproches ; mais Xavier l'avait si bien dressée, que l'idée ne lui vint même pas de prendre un taxi. Elle se hâtait vers la rue de Sèvres, pour y attendre le tramway Saint-Sulpice-Auteuil ; elle marchait, à son habitude, le ventre en avant, le nez en l'air, et marmonnait toute seule, pour la joie des passants : « Hé bé !... » d'un air fâché et scandalisé. Elle pensait à Yves, mais avec aigreur, maintenant que la présence du jeune homme ne l'éblouissait plus. Comme il s'était montré indifférent à la maladie de son oncle ! Pendant que le pauvre achevait de vivre dans la terreur de ne pouvoir embrasser une dernière fois ses neveux, celui-là téléphonait à quelque comtesse (Joséfa avait vu des cartes prises dans la glace d'Yves : *Baron et Baronne de... Marquise de... l'Ambassadeur d'Angleterre et Lady...).* Ce soir, il allait dîner en musique avec une de ces grandes dames... il n'y a pas plus putain que ces femmes-là... Dans le feuilleton de Charles Mérouvel... En voilà un qui les connaît...

Ces sentiments hostiles recouvraient une douleur profonde. Joséfa mesurait, pour la première fois, la naïveté de ce pauvre homme qui avait tout sacrifié à la chimère de sauver la face devant ses neveux ; il avait eu honte de sa vie, de son innocente vie ! Ah ! ç'avait été une fameuse débauche ! Tous deux s'étaient privés pour des garçons qui ne le sauraient jamais, ou qui se moqueraient d'eux. Elle monta dans le petit tramway, épongea sa face cramoisie. Elle avait encore des bouffées de sang, mais moins que l'année dernière. Pourvu qu'il ne fût rien arrivé à Xavier ! C'était bien commode d'avoir l'arrêt du tramway à sa porte.

Elle gravit, en soufflant, les quatre étages. Xavier était assis dans la salle à manger, près de la fenêtre entrouverte. Il haletait un peu, ne bougeait pas. Il dit qu'il souffrait à peine, que c'était déjà merveilleux que de ne pas souffrir. Il suffisait de demeurer immobile. Il avait un peu faim, mais aimait mieux se priver de manger que de risquer une crise. Le pont du métro passait presque à hauteur de leur fenêtre et grondait à chaque instant. Ni Xavier, ni Joséfa ne songeaient à en être gênés. Ils vivaient là, écrasés par les meubles d'Angoulême, trop volumineux pour ces pièces minuscules. Le flambeau de l'amour avait été écorné pendant le déménagement ; plusieurs motifs de l'armoire s'étaient décollés.

Joséfa trempait la mouillette dans l'œuf et invitait le vieil homme à manger ; elle lui parlait comme à un enfant : « Allons, ma petite poule, mon pauvre chien... » Il ne remuait pas un membre, pareil à ces insectes dont l'immobilité reste la dernière défense. Vers le soir, entre deux métros, il entendit les martinets crier comme sur le jardin de Preignac, autrefois. Il dit soudain :

« Je ne reverrai pas les petits.

– Tu n'en es pas là... Mais si ça doit te tranquilliser, il suffit de leur envoyer une dépêche.

– Oui, quand le docteur aura permis que je rentre chez moi...

– Qu'est-ce que ça fait qu'ils viennent ici ? Tu peux dire que tu as déménagé, que je suis ta gouvernante. »

Il parut hésiter un instant, puis secoua la tête :

« Ils verraient bien que ce ne sont pas mes meubles... Et puis, même s'ils ne devaient rien découvrir, ils ne peuvent pas venir ici. Même s'ils ne devaient jamais savoir, il ne faut pas qu'ils viennent ici, par égard pour la famille.

– Je n'ai pas la peste, peut-être ! »

Elle se rebiffait : la protestation qu'elle n'avait jamais élevée contre Xavier bien portant, elle l'adressait à ce moribond. Il ne bougea pas, soucieux d'éviter tout mouvement.

« Tu es une bonne femme... mais pour la mémoire de Michel, il ne faut pas que les enfants Frontenac... Tu n'es pas en cause ; c'est une question de principe. Et puis ce serait malheureux, après avoir réussi, pendant toute ma vie, à leur cacher...

– Allons donc ! Crois-tu qu'ils n'aient pas tout découvert depuis longtemps ? »

Elle regretta cette parole, en le voyant s'agiter sur son fauteuil et respirer plus vite.

« Non, reprit-elle, ils l'ignorent. Mais ils le sauraient, qu'ils ne t'en voudraient pas...

– Oh ! bien sûr que ce sont de trop bons petits pour faire des réflexions ; mais... »

Joséfa s'éloigna du fauteuil, se pencha à la fenêtre... Des bons petits ! Elle voyait Yves, ce matin, au téléphone, quand il faisait semblant de consulter un carnet, cette expression d'égarement et de bonheur. Elle l'imaginait « en queue de morue », comme elle disait, avec un « gibus », dans ce restaurant de luxe : il y avait une petite lampe rose sur chaque table. Des métros chargés d'ouvriers, qui revenaient du travail, grondaient sur le pont de fer. Xavier paraissait un peu plus haletant que dans la journée. Il fit signe qu'il ne voulait pas parler, ni qu'on lui adressât la parole, ni manger. Il se mettait en boule, faisait le mort pour ne pas mourir. La nuit vint, chaude, et la fenêtre demeura ouverte malgré l'ordre du médecin qui avait dit de la tenir fermée parce que, pendant les crises, un malade ne se connaît plus. La misère du monde... Joséfa demeurait assise entre la fenêtre et le fauteuil, cernée par la masse des meubles dont elle avait été si fière et qui, sans qu'elle sût pourquoi, ce soir, lui apparaissaient soudain misérables. Plus d'ouvriers : les métros roulaient presque vides vers l'Etoile. On changeait pour la Porte Dauphine. Joséfa y était souvent descendue, avec Xavier, bousculée par la foule des tristes dimanches... Et Yves Frontenac, à cette heure, devait la franchir dans sa « conduite intérieure ». Qu'est-ce que ça doit coûter ce qu'on voit sur les dessertes des grands restaurants : ces langoustes, ces pêches dans de l'ouate, ces espèces de gros citrons. Elle ne le saurait jamais. Elle avait toujours eu à choisir entre le bouillon Boulant ou le Duval et Scossa... 3 fr 50 tout compris. Elle regardait vers l'ouest, imaginait Yves Frontenac avec une dame et cet autre jeune homme...

Le dîner touchait à sa fin. Elle s'était levée et se glissait entre les tables, disant qu'elle allait se refaire une beauté. Yves fit signe au sommelier de verser le champagne. Il avait l'air calme, détendu. Pendant toute la soirée, Geo avait donné à la jeune femme les renseignements qu'elle demandait au sujet d'une malle de cabine, d'une trousse (il connaissait l'adresse d'un commissionnaire qui fournissait au prix de gros). Evidemment, ils ne partaient pas ensemble, leurs moindres propos témoignaient au contraire qu'ils se séparaient pour plusieurs mois, et qu'ils n'en éprouvaient aucun chagrin.

« Encore cette scie d'il y a deux ans », dit Geo.

Et il fredonnait avec l'orchestre : « *Non, tu ne sauras jamais...*

– Ecoute, Geo : tu ne croirais pas ce que j'ai imaginé... »

Yves fixait de ses yeux rayonnants la figure amicale du garçon qui prit son verre d'une main un peu tremblante.

« Je croyais que tu partais avec elle ; que vous me le cachiez. »

Geo haussa les épaules, toucha d'un geste habituel sa cravate. Et puis il ouvrit un étui d'émail noir, choisit une cigarette. Et il ne perdait pas Yves des yeux.

« Quand je pense que toi, Yves... toi... avec ce que tu as là (et il posa légèrement un index brûlé de nicotine sur le front de son ami), toi, pour cette... Je ne voudrais pas te blesser...

– Oh ! ça m'est égal que tu la trouves idiote... mais toi, comme si tu avais à me faire la leçon !

– Moi, dit Geo, je ne suis rien... »

Et il inclina son visage charmant, un peu flétri, le releva, et sourit à Yves avec un air d'admiration et de tendresse.

« Et puis moi, avant que ça me reprenne... »

Il fit signe au sommelier, vida sa coupe, et commanda, l'œil hagard :

« Deux fines Maison... Moi, reprit-il, tu vois toutes ces poules ? Eh bien, je les donnerais toutes, pour... devine quoi ? »

Il approcha d'Yves ses yeux magnifiques, et d'un ton à la fois honteux et passionné :

« Pour la laveuse de vaisselle ! » souffla-t-il.

Ils pouffèrent. Et soudain, un monde de tristesse s'abattit sur Yves. Il regarda Geo qui, lui aussi, était devenu sombre : éprouvait-il ce même sentiment de duperie, cette dérision infinie ? A une distance incommensurable, Yves crut entendre le chuchotement assoupi des pins.

« L'oncle Xavier..., murmura-t-il.

– Quoi ? »

Et Geo, reposant son verre, faisait signe au sommelier, l'index et le médius levés, pour demander une autre fine.

XIX

Un matin de l'octobre qui suivit, dans le hall de l'hôtel d'Orsay, les enfants Frontenac (sauf José, toujours au Maroc) entouraient Joséfa. L'oncle avait paru se remettre, pendant l'été, mais une crise plus violente venait de l'abattre, et le médecin ne croyait pas qu'il pût s'en relever. Le télégramme de Joséfa était arrivé à Respide où Yves surveillait les vendanges et déjà songeait au retour. Rien ne le pressait, car « elle » ne rentrait à Paris qu'à la fin du mois. D'ailleurs, il s'était accoutumé à l'absence et maintenant qu'il voyait la sortie du tunnel, il se fût volontiers attardé...

Intimidée par les Frontenac, Joséfa leur avait d'abord opposé un grand air de dignité ; mais l'émotion avait eu raison de son attitude. Et puis Jean-Louis l'avait, dès les premières paroles, touchée au cœur. Son culte pour les Frontenac trouvait enfin un objet qui ne la décevait pas. C'était à lui qu'elle s'adressait, en tant que chef de la famille. Les deux jeunes dames, un peu raidies, se tenaient à l'écart, non par fierté, comme le croyait Joséfa, mais parce qu'elles hésitaient sur l'attitude à prendre. (Joséfa n'aurait jamais cru qu'elles fussent si fortes ; elles avaient accaparé toute la graisse de la famille.) Yves, qu'anéantissaient les voyages nocturnes, s'était rencogné dans un fauteuil.

« Je lui ai répété que je me ferais passer auprès de vous pour sa gouvernante. Comme il ne parle pas du tout (parce qu'il le veut bien, il a peur que ça lui donne une crise), je ne sais trop s'il y a consenti ou non. Il a des absences... On ne sait pas ce qu'il veut... Au fond, il ne pense qu'à son mal qui peut revenir d'une minute à l'autre, il paraît que c'est tellement épouvantable... comme s'il avait une montagne sur la poitrine... Je ne vous souhaite pas d'assister à une crise...

– Quelle épreuve pour vous, madame... »

Elle balbutia, en larmes :

« Vous êtes bon, monsieur Jean-Louis.

– Il aura eu, dans son malheur, le secours de votre dévouement, de votre affection... »

Ces paroles banales agissaient sur Joséfa comme des caresses. Soudain familière, elle pleurait doucement, la main appuyée au bras de Jean-Louis. Marie dit à l'oreille de Danièle :

« Il a tort de faire tant de frais ; nous ne pourrons plus nous en dépêtrer. »

Il fut entendu que Joséfa préparerait l'oncle à leur venue. Ils arriveraient vers dix heures, et attendraient sur le palier.

Ce fut seulement sur ce palier sordide, où les enfants Frontenac demeuraient aux écoutes, tandis que les locataires, alertés par la concierge, se penchaient à la rampe ; ce fut assis sur une marche souillée, le dos appuyé contre le faux marbre plein d'éraflures, qu'Yves éprouva enfin l'horreur de ce qui se passait derrière cette porte. Joséfa, parfois, l'entrebâillait, tendait un mufle tuméfié par les larmes, les priait d'attendre encore un peu ; un doigt sur la bouche, elle repoussait le vantail. Oncle Xavier, celui qui tous les quinze jours entrait dans la chambre grise, rue de Cursol, à Bordeaux, après avoir achevé le tour des propriétés ; celui qui faisait des sifflets avec une branche de vergne, il agonisait dans ce taudis, chez cette fille, en face du pont du métro, non loin de la station La Motte-Picquet-Grenelle. Pauvre homme ligoté de préjugés, de phobies, incapable de revenir sur une opinion reçue, une fois pour toutes, de ses parents ; à la fois si respectueux de l'ordre établi et si éloigné de la vie simple et normale... L'haleine d'octobre emplissait cet escalier et rappelait à Yves les relents du vestibule, rue de Cursol, les jours de rentrée. Odeur de brouillard, de pavés mouillés, de linoléum. Danièle et Marie chuchotaient. Jean-Louis ne bougeait pas, les yeux clos, le front contre le mur. Yves ne lui adressait aucune parole, comprenant que son frère priait. « Ce sera à vous, monsieur Jean-Louis, de lui parler du Bon Dieu, avait dit Joséfa. Moi, il me rabrouerait, vous pensez ! » Yves aurait voulu se joindre à Jean-Louis, mais rien ne lui revenait de ce langage perdu. Il s'était terriblement éloigné de l'époque où, à lui aussi, il suffisait de fermer les yeux, de joindre les mains. Que les minutes paraissaient longues ! Il connaissait maintenant tous les dessins que formaient les taches sur la marche où il s'était accroupi.

Joséfa entrouvrit de nouveau la porte, leur fit signe d'entrer. Elle les introduisit dans la salle à manger et disparut. Les Frontenac se retenaient de respirer, et même de bouger, car les souliers de Jean-Louis craquaient au moindre mouvement. La fenêtre devait être fermée depuis la veille ; des odeurs de vieille nourriture et de gaz s'étaient accumulées entre ces murs tapissés de papier rouge. Ces deux chromos, dont l'un représentait des pêches et l'autre des framboises, il y avait les mêmes dans la salle à manger de Preignac.

Ils comprirent plus tard qu'ils n'auraient pas dû se montrer tous ensemble. S'il n'avait d'abord vu que Jean-Louis, l'oncle se serait peut-être habitué à sa présence ; la folie, ce fut une entrée en masse.

« Vous voyez, monsieur, ils sont venus, répétait Joséfa, jouant avec affectation son rôle de gouvernante. Vous vouliez les voir ? Les voilà tous, sauf M. José... »

Il ne bougeait pas, figé dans cette immobilité d'insecte. Ses yeux remuaient seuls dans sa figure terrible à voir, allant de l'un à l'autre, comme si un coup l'avait menacé. Les deux mains s'accrochaient à sa veste, comprimaient sa poitrine haletante. Et Joséfa, tout à coup, oubliait son rôle :

« Tu ne parles pas parce que tu as peur que ça te fasse mal ? Hé bé, ne parle pas, pauvre chien. Tu les vois, les petits ? Tu es content ? Regardez-vous sans parler. Dis-le, si tu ne te sens pas bien, ma petite poule. Si tu souffres, il faut me le faire entendre par signe. Tu veux ta piqûre ? Tiens, je prépare l'ampoule. »

Elle bêtifiait, retrouvait le ton qu'on prend avec les tout-petits. Mais le moribond, ramassé sur lui-même, gardait son air traqué. Les quatre enfants Frontenac serrés les uns contre les autres, perclus d'angoisse, ne savaient pas qu'ils avaient l'aspect des membres du jury lorsqu'ils vont prêter serment. Enfin Jean-Louis se détacha du groupe, entoura de son bras les épaules de l'oncle :

« Tu vois, il n'y a que José qui manque à l'appel. Nous avons reçu de bonnes nouvelles de lui... »

Les lèvres de Xavier Frontenac remuèrent. Ils ne comprirent pas d'abord ce qu'il disait, penchés au-dessus de son fauteuil.

« Qui vous a dit de venir ?

– Mais madame... ta gouvernante...

– Ce n'est pas ma gouvernante... Je vous dis : ce n'est pas ma gouvernante. Tu as bien entendu qu'elle me tutoyait... »

Yves se mit à genoux, tout contre les jambes squelettiques :

« Qu'est-ce que ça peut faire, oncle Xavier ? C'est sans aucune importance, ça ne nous regarde pas, tu es notre oncle chéri, le frère de papa... »

Mais le malade le repoussa, sans le regarder.

« Vous l'aurez su ! Vous l'aurez su ! répétait-il, l'air hagard. Je suis comme l'oncle Péloueyre. Je me rappelle, il était enfermé à Bourideys, avec cette femme... Il ne voulait recevoir personne de la famille... On lui avait député votre pauvre père, qui était bien jeune alors... Je me souviens : Michel était parti à cheval, pour Bourideys, emportant un gigot, parce que l'oncle aimait la viande de Preignac... Votre pauvre père raconta qu'il avait frappé longtemps... L'oncle Péloueyre avait entrebâillé la porte... Il examina Michel, lui prit le gigot des mains, referma la porte, mit le verrou... Je me rappelle cette histoire... Elle est drôle, mais je parle trop... Elle est drôle... »

Et il riait, d'un rire à la fois retenu, appliqué, qui lui faisait mal, qui ne s'arrêtait pas. Il eut une quinte.

Joséfa lui fit une piqûre. Il ferma ses yeux. Un quart d'heure s'écoula. Les métros ébranlaient la maison. Quand ils étaient passés, on n'entendait que cet affreux halètement. Soudain, il s'agita dans son fauteuil, rouvrit les yeux.

« Marie et Danièle sont là ? Elles seront venues chez ma maîtresse. Je les aurai fait entrer chez la femme que j'entretiens. Si Michel et Blanche l'avaient su, ils m'auraient maudit. Je les ai introduits chez ma maîtresse, les enfants de Michel. »

Il ne parla plus. Son nez se pinçait ; sa figure devint violette ; il émettait des sons rauques ; ce gargouillement de la fin... Joséfa en larmes le prit entre ses bras, tandis que les Frontenac terrifiés reculaient vers la porte.

« Tu n'as pas à avoir honte devant eux, mon petit chéri, ce sont de bons enfants ; ils comprennent les choses, ils savent... Qu'est-ce qu'il te faut ? Que demandes-tu, pauvre chou ? »

Affolée, elle interrogeait les enfants :

« Qu'est-ce qu'il demande ? Je ne saisis pas ce qu'il demande... »

Eux voyaient clairement la raison de ce mouvement du bras de gauche à droite ; cela signifiait : « Va-t'en ! » Dieu ne voulut pas qu'elle comprît qu'il la chassait, elle, sa vieille compagne, son unique amie, sa servante, sa femme.

Dans la nuit, le dernier métro couvrit le gémissement de Joséfa. Elle s'abandonnait à sa douleur, sans retenue ; elle croyait qu'il fallait crier. La concierge et la femme de journée la soutenaient par les bras, lui frottaient les tempes avec du vinaigre. Les enfants Frontenac s'étaient mis à genoux.

XX

« ET qu'est-ce que vous nous préparez de beau ? »

Dussol, par cette question, voulait se montrer aimable, mais ne se retenait pas de sourire. Yves, enfoncé dans le divan de Jean-Louis, feignit de n'avoir rien entendu. Il devait prendre, le soir même, le train pour Paris. C'était, vers la fin de la journée, le surlendemain des obsèques d'oncle Xavier à Preignac. Dussol, qui n'avait pu y assister (perclus de rhumatismes, il marchait, depuis un an, avec des cannes), était venu rendre ses devoirs à la famille.

« Alors, reprit-il, vous avez du nouveau sur le chantier ? »

Comme la pièce demeurait sans lumière, il distinguait mal l'expression d'Yves, toujours muet.

« Quel cachottier ! Allons ! Poil ou plume ? Vers ou prose ? »

Yves, soudain, se décida :

« J'écris des *Caractères*... Oui, copiés d'après nature. Aucun mérite, comme vous voyez : je n'invente rien ; je reproduis exactement la plupart des types qu'il m'a été donné de connaître.

– Et ça s'appellera : *Caractères ?*

– Non : *Gueules.* »

Il y eut une minute de silence. Madeleine, d'une voix étranglée, demanda à Dussol : « Encore une tasse ? » Jean-Louis posa une question au sujet d'une coupe très importante, dans la région de Bourideys, que la maison Frontenac-Dussol était en train de négocier.

« Ce n'est pas votre faute, dit Dussol, mais il est fâcheux que la mort de votre oncle ait retardé la conclusion de l'affaire. Vous savez que Lacagne est sur la piste...

– J'ai rendez-vous après-demain matin, à la première heure, sur les lieux. »

Jean-Louis parlait distraitement, tout occupé à observer Yves dont il ne distinguait que le front et les mains. Il se leva pour donner de la lumière. Yves détourna un peu la tête, montrant à son frère des cheveux bruns, en désordre, une joue creuse et jaune, la ligne gracile du cou.

« J'ai presque envie d'accompagner Yves à Paris, dit Jean-Louis d'un mouvement spontané. J'ai à voir Labat...

– Vous ne serez pas rentré assez tôt pour le rendez-vous d'après-demain, protesta Dussol. Il s'agit bien de Labat ! Cette coupe, c'est cent mille francs de bénéfice, je vous en fiche mon billet. »

Jean-Louis passait sa main sur son nez et sur sa bouche. Que craignait-il ? Il n'aurait pas voulu perdre Yves des yeux, une seconde. Après le départ de Dussol, il alla dans sa chambre où Madeleine le suivit.

« C'est à cause d'Yves ? » demanda-t-elle.

Elle avait appris à connaître son mari, qui, d'heure en heure, se sentait déchiffré, percé à jour.

« J'avoue qu'il m'inquiète. »

Elle protesta : ça ne tenait pas debout, Yves avait été frappé par la mort d'oncle Xavier ; il demeurait encore sur cette impression que quelques jours de Paris dissiperaient vite.

« On sait la vie qu'il mène... Il garde pour la famille ses mines d'enterrement qui te mettent l'esprit à l'envers. Mais là-bas, d'après ce que Dussol a appris, il ne passe pas pour engendrer la mélancolie. Tu ne vas pas risquer de perdre une centaine de mille francs pour je ne sais quelle idée que tu t'es mise en tête. »

Et d'instinct elle trouva l'argument auquel Jean-Louis cédait toujours : ce n'était pas seulement son argent qu'il jouait, mais celui de la famille. Pendant le reste de la soirée, jusqu'au départ d'Yves, il essaya de causer avec son frère qui répondait à ses questions, sans élever la voix et qui paraissait calme. Rien ne légitimait l'angoisse de Jean-Louis. Il faillit pourtant ne pas descendre du wagon où il avait installé Yves, lorsque l'on ferma les portières.

Les tunnels de Lormont à peine franchis, Yves respira mieux. Il roulait vers elle ; chaque tour de roue le rapprochait ; ils avaient rendez-vous demain matin, à onze heures, dans ce bar en sous-sol, à l'entrée d'une avenue, près de l'Etoile. Cette fois, comme il s'attendait au pire, il ne serait pas déçu ; quoi qu'elle dise ou fasse, il va la revoir. Vivre, après tout, serait toujours possible, avec l'espérance d'un rendez-vous. Seulement, il tâcherait d'obtenir de moins longs intervalles que l'année dernière. Il lui dirait : « Je perds plus vite le souffle. Ne comptez pas que je puisse demeurer trop longtemps hors de l'eau. Je respire, je me meus en vous. » Elle sourirait, elle savait qu'Yves n'aimait pas les récits de voyage, il couperait court à ses histoires de croisière. « Je lui dirai que seule la géographie humaine m'intéresse : non les paysages, mais les êtres qu'elle a vus. Tous ceux qui, en trois mois, ont pu la frôler. Moins nombreux que je ne m'imagine... Elle dit qu'elle n'a rien, dans sa vie, de plus important que moi. Pourtant, elle est adorée... Qui avait-elle l'année dernière ? » Il tâtonna, jusqu'à ce qu'il eût remis ses pas dans les pas des souffrances de l'année révolue. Le lépreux se grattait, irritait sa jalousie, faisait saigner les vieilles croûtes. (Il roulait vers une ville qui n'avait rien de commun avec le Paris où huit jours auparavant, Xavier Frontenac avait eu cette mort horrible.

« Ne regardez pas votre montre, chérie. Il n'y a que dix minutes que nous sommes ensemble et vous vous inquiétez de l'heure. Vous vivez toujours dans l'instant où je ne serai plus là.

– Déjà des reproches... Trouvez-vous que j'ai bruni ? »

Il pensa à louer le costume tailleur, le renard ; elle fut contente. Il la laissa parler assez longtemps des Baléares. Mais il lui avait déjà fait répéter trois fois qu'elle n'avait rencontré personne d'intéressant... Sauf son ex-mari, à Marseille. Ils avaient goûté ensemble, comme des copains : de plus en plus drogué ; il avait dû la quitter vite pour aller fumer ; il n'en pouvait plus.

« Et toi, mon petit Yves ? »

Pendant qu'il parlait, elle se remit du rouge et de la poudre. Comme il racontait la mort d'oncle Xavier, elle demanda distraitement si c'était un oncle à héritage.

« Il nous avait presque tout donné, de son vivant.

– Alors, sa mort n'a plus beaucoup d'intérêt. »

Elle avait dit cela sans malice. Il aurait fallu lui expliquer... l'introduire dans un monde, dans un mystère... Une femme rejoignit ce garçon, à la table d'en face : ils s'étreignirent. Deux ou trois hommes, assis au bar, ne se retournèrent pas. Les autobus de l'avenue grondaient. L'électricité était allumée, on ne savait pas que c'était le matin. Elle mangeait, une à une, des frites froides.

« J'ai faim, dit-elle.

– Alors, pour le déjeuner... Impossible ? Alors, quand ? Demain ?

– Attendez... Demain ?... à quatre heures, j'ai un essayage... à six heures... non, pas demain... Voulez-vous que nous disions jeudi ? »

Il demanda : « Dans trois jours ? » d'une voix indifférente. Trois jours et trois nuits de cette femme, dont il ne saurait rien, qui seraient comblés d'êtres, d'événements étrangers... Il avait cru s'y attendre, ne pas avoir de surprise ; mais la douleur est imprévisible. Pendant des mois et des mois, il s'était essoufflé à la poursuivre. Après un repos de trois mois, la poursuite recommençait, mais dans d'autres conditions : il était rendu, fourbu, il ne fournirait pas la course. Elle comprenait qu'il souffrait, elle lui prit la main. Il ne la retira pas. Elle lui demanda à quoi il pensait. Il dit :

« Je pensais à Respide. L'autre jour, après l'enterrement de l'oncle, j'y suis monté seul, de Preignac. Mon frère avait filé directement sur Bordeaux, avec mes sœurs. Je me suis fait ouvrir la maison. Je suis entré dans le salon salpêtré, qui sent le plancher pourri, la cave. Les volets étaient clos. Je me suis étendu, les pieds joints, sur le canapé de chintz, dans les ténèbres. Je sentais contre ma joue, contre mon corps, la muraille froide. Les yeux fermés, je me suis persuadé que j'étais couché entre maman et mon oncle...

– Yves, vous êtes atroce.

– Jamais je n'avais si bien réussi à me mettre

dans la peau de la mort. Ces murs épais, ce salon qui est une cave, au centre de cette propriété perdue. La nuit... La vie était à l'infini. C'était le repos. Le repos, ma chérie, songez donc ! ne plus sentir que l'on aime... Pourquoi nous a-t-on appris à douter du néant ?... L'irrémédiable, c'est de croire, malgré et contre tout, à la vie éternelle. C'est d'avoir perdu le refuge du néant. »

Il ne s'aperçut pas qu'elle regardait furtivement son bracelet. Elle dit :

« Yves, il faut que je me sauve : mieux vaut que nous ne sortions pas ensemble. A jeudi... Voulez-vous que nous décidions, chez moi, à sept heures... Non, à sept heures et demie... Non, disons, plutôt, huit heures moins le quart.

– Non, dit-il en riant, à huit heures. »

XXI

Yves riait encore, en descendant les Champs-Elysées, non d'un rire forcé et amer, mais d'un franc rire et qui faisait se retourner les passants. Midi sonnait à peine, et il avait gravi les escaliers de la gare d'Orsay au petit jour : ces quelques heures lui avaient donc suffi pour épuiser la joie du revoir, attendue depuis trois mois, et pour qu'il se retrouvât, errant dans les rues... « C'était pouffant », comme elle disait. Sa gaieté le tenait encore sur ce banc du Rond-Point où il s'affaissa, les jambes plus rompues que s'il était venu à pied, jusqu'ici, du fond de ses landes. Il ne souffrait que d'une sorte d'épuisement : jamais l'objet de son amour ne lui était apparu à ce point dérisoire, rejeté de sa vie, piétiné, sali, fini. Et pourtant, son amour subsistait : comme une meule qui eût tourné à vide, tourné... tourné... Fini de rire : Yves se repliait, se concentrait sur cette étrange torture dans le rien. Il vivait ces instants que tout homme a connus s'il a aimé, où, les bras toujours serrés contre la poitrine, comme si ce que nous embrassions ne nous avait pas fui, nous étreignons, à la lettre, le néant. Par ce midi d'octobre tiède et mou, sur un banc du Rond-Point des

Champs-Elysées, le dernier des Frontenac ne se connaissait plus de but, dans l'existence, au-delà des Chevaux de Marly. Ceux-ci atteints, il ne savait pas s'il irait à droite, à gauche, ou pousserait jusqu'aux Tuileries et entrerait dans la souricière du Louvre.

Autour de lui, les êtres et les autos viraient, se mêlaient, se divisaient dans ce carrefour et il s'y sentait aussi seul que naguère, au centre de l'arène étroite, cerné de fougères et de jaugues, où il gîtait, enfant sauvage. Le vacarme uniforme de la rue ressemblait aux doux bruits de la nature, et les passants lui étaient plus étrangers que les pins de Bourideys dont les cimes, autrefois, veillaient sur ce petit Frontenac blotti à leurs pieds, au plus épais de la brousse. Aujourd'hui, ces hommes et ces femmes bourdonnaient comme les mouches de la lande, hésitaient comme les libellules, et l'un d'eux se posait, parfois, à côté d'Yves, contre sa manche, sans même le voir, puis s'envolait. Mais combien étouffée et lointaine était devenue la voix qui poursuivait l'enfant Frontenac au fond de sa bauge, et qu'il percevait encore, à cette minute ! Il voyait bien, répétait la voix, toutes ces routes barrées qui lui avaient été prédites, toutes ces passions sans issue. Rcvenir sur ses pas, revenir sur ses pas... Revenir sur ses pas lorsqu'on est à bout de force ? Refaire toute la route ? Quelle remontée ! D'ailleurs, pour accomplir quoi ? Yves errait dans le monde, affranchi de tout labeur humain. Aucun travail n'était exigé de lui qui avait fini son devoir d'avance, qui avait remis sa copie pour aller jouer. Aucune autre occupation que de noter, au jour le jour, les réactions d'un esprit totalement inemployé... Et il n'aurait rien pu faire d'autre, et le monde ne lui demandait rien d'autre. Entre les mille besognes qui obligeaient de courir, autour de son banc, ces fourmis humaines, laquelle aurait pu l'asservir ? Ah ! plutôt crever de faim !... « Et pourtant, tu le sais – insistait la voix – tu avais été créé pour un travail épuisant et tu t'y serais soumis, corps et âme, parce qu'il ne t'eût pas détourné d'une profonde vie d'amour. Le seul travail au monde qui ne t'aurait diverti en rien de l'amour – qui eût manifesté, à chaque seconde, cet amour – qui t'aurait uni à tous les hommes dans la charité... » Yves secoua la tête et dit : « Laissez-moi, mon Dieu. »

Il se leva, fit quelques pas jusqu'à la bouche du métro, près du Grand Palais, et s'accouda à la balustrade. C'était l'heure où les ateliers de nouveau se remplissent et le métro absorbait et vomissait des fourmis à tête d'homme. Yves suivit longtemps, d'un œil halluciné, cette absorption et ce dégorgement d'humanité. Un jour – il en était sûr, et il appelait ce jour, du fond de sa fatigue et de son désespoir –, il faudrait bien que tous les hommes fussent forcés d'obéir à ce mouvement de marée : tous ! sans exception aucune. Ce que Jean-Louis appelait question sociale ne se poserait plus aux belles âmes de son espèce. Yves songeait : « Il faut que je voie ce jour où des écluses se fermeront et s'ouvriront à heure fixe sur le flot humain. Aucune fortune acquise ne permettra plus au moindre Frontenac de se mettre à part sous prétexte de réfléchir, de se désespérer, d'écrire son Journal, de prier, de faire son Salut. Les gens d'en bas auront triomphé de la personne humaine, oui, la personne humaine sera détruite et, du même coup, disparaîtra notre tourment et nos chères délices : l'amour. Il n'y aura plus de ces déments, qui mettent l'infini dans le fini. Joie de penser que ce temps est peut-être proche où, faute d'air respirable, tous les Frontenac auront disparu de la terre, où aucune créature ne pourra même imaginer ce que j'éprouve, à cette seconde, appuyé contre la balustrade du métro, ce fade attendrissement, ce remâchement de ce que l'aimée a pu me dire depuis que nous nous connaissons, et qui tendrait à me faire croire que tout de même elle tient à moi, – comme lorsque le malade isole, entre toutes les paroles du médecin, celles où un jour il a trouvé de l'espoir et qu'il sait par cœur (mais elles n'ont plus aucun pouvoir sur lui, bien qu'il ne renonce pas à les ressasser)... »

Au-delà des Chevaux de Marly... Il ne voyait plus rien à faire que se coucher et que dormir. Mourir n'avait pas de sens pour lui, pauvre immortel. Il était cerné de ce côté-là. Un Frontenac sait qu'il n'y a pas de sortie sur le néant, et que la porte du tombeau est gardée. Dans le monde qu'il imaginait, qu'il voyait, qu'il sentait venir, la tentation de la mort ne tourmenterait plus aucun homme, puisque cette humanité besogneuse et affairée aurait l'aspect de la vie, mais serait déjà morte. Il faut être une personne, un homme différent de tous les hommes, il faut tenir sa propre existence entre ses mains et la mesurer, la juger d'un œil lucide, sous le regard de Dieu, pour avoir le choix de mourir ou de vivre.

C'était amusant de penser à cela... Yves se promit de raconter à Jean-Louis l'histoire qu'il venait d'imaginer, devant cette bouche de métro ; il se réjouissait de l'étonner, en lui décrivant la révolution future, qui se jouerait au plus secret de l'homme, dissocierait sa nature même, jusqu'à le rendre semblable aux hyménoptères : abeilles, fourmis... Aucun parc séculaire n'étendrait plus ses branches sur une seule famille. Les pins des vieilles propriétés ne verraient plus grandir, d'année en année, les mêmes enfants ; et dans ces faces maigres et pures levées vers leurs cimes, ne reconnaîtraient pas les traits des pères et des grands-pères au même âge... C'était la fatigue, se disait Yves, qui le faisait divaguer. Que ce serait bon de dormir ! Il ne s'agissait ni de mourir, ni de vivre, mais de dormir. Il appela un taxi, et il remuait, au fond de sa poche, un minuscule flacon. Il l'approcha de ses yeux, et il s'amusait à déchiffrer sur l'étiquette la formule magique : *Allylis Opropyl barbiturate de phényldiméthyldiméthylamino Pyrazolone* 0 *gr* 16.

Au long de ces mêmes heures, Jean-Louis assis à table, en face de Madeleine, puis debout et avalant en hâte son café, puis au volant de sa voiture, et enfin au bureau, ses yeux attentifs fixés sur le commis Janin qui lui faisait un rapport, se répétait : « Yves ne risque rien ; mon inquiétude ne repose sur rien. Il semblait plus calme, hier soir, dans le wagon, que je ne l'ai vu depuis longtemps... Oui, mais justement ; ce calme... » Il entendait, sur les quais, haleter une locomotive. Cette affaire, qui l'empêche de partir... pourquoi ne pas l'expliquer à Janin qui est là, qui a de l'initiative, le désir passionné d'avancer ? Le regard brillant du garçon essayait de deviner la pensée de Jean-Louis, de la prévenir... Et soudain, Jean-Louis sait qu'il partira ce soir pour Paris. Il sera demain matin à Paris. Et déjà il retrouvait la paix, comme si la puissance inconnue qui, depuis la veille, le tenait à la gorge, avait su qu'elle pouvait desserrer son étreinte, qu'elle allait être obéie.

XXII

Du fond de l'abîme, Yves entendait sonner à une distance infinie, avec l'idée confuse que c'était l'appel du téléphone, et qu'on lui annonçait, de Bordeaux, la maladie de sa mère (bien qu'il sût qu'elle était morte depuis plus d'une année). Pourtant, tout à l'heure, elle se trouvait dans cette pièce où elle n'avait pénétré qu'une seule fois durant sa vie (elle était venue de Bordeaux, visiter l'appartement d'Yves « pour pouvoir le suivre par la pensée », avait-elle dit). Elle n'y avait jamais plus paru, sauf cette nuit et Yves la voyait encore, dans le fauteuil, au chevet du lit, ne travaillant à aucun ouvrage, puisqu'elle était morte. Les morts ne tricotent ni ne parlent... Pourtant ses lèvres remuaient ; elle voulait prononcer une parole urgente, mais en vain. Elle était entrée, comme elle faisait à Bourideys, quand elle avait un souci, sans frapper, en appuyant mollement sur le loquet et en poussant la porte de son corps, – tout entière à ce qui la préoccupait, sans s'apercevoir qu'elle interrompait une page, un livre, un sommeil, une crise de larmes... Elle était là, et pourtant on téléphonait de Bordeaux qu'elle était morte et Yves la regardait avec angoisse, essayait de recueillir sur ses lèvres la parole dont elle n'arrivait pas à se délivrer. La sonnerie redoublait. Que fallait-il répondre ? La porte d'entrée claqua. Il entendit la voix de la femme de journée : « Heureusement que j'ai la clef... » et Jean-Louis répondait (mais il est à Bordeaux...) : « Il a l'air paisible... Il dort paisiblement... Non, le flacon est presque plein ; il en a pris très peu... » Jean-Louis est dans la chambre. A Bordeaux, et pourtant dans cette chambre. Yves sourit pour le rassurer.

« Alors, mon vieux ?

– Tu es à Paris ?

– Mais oui, j'ai eu à faire... »

La vie s'infiltre en Yves de partout, à mesure que le sommeil se retire. Elle ruisselle, elle l'emplit... Il se souvient : quelle lâcheté ! trois comprimés... Jean-Louis lui demande ce qui ne va pas. Yves n'essaie pas de feindre. Il ne l'aurait pu, vidé de toute force, de toute volonté, comme il l'eût été de sang. Chaque circonstance retrouvait sa place : avant-hier, il était à Bordeaux ; hier matin, dans le petit bar ; et puis cette journée de folie... Et maintenant Jean-Louis est là.

« Mais comment es-tu là ? C'était le jour de ce fameux marché... »

Jean-Louis secoua la tête : un malade n'avait pas à s'occuper de cela. Et Yves :

« Non, je n'ai pas de fièvre. Simplement : rendu, fourbu... »

Jean-Louis lui avait pris le poignet, et les yeux sur sa montre il comptait les pulsations, comme faisait maman dans les maladies de leur enfance. Puis, d'un geste qui venait aussi de leur mère, l'aîné releva les cheveux qui recouvraient le front d'Yves, pour s'assurer qu'il n'avait pas la tête brûlante, peut-être aussi pour le démasquer, pour observer ses traits en pleine lumière, et enfin, par simple tendresse.

« Ne t'agite pas, dit Jean-Louis. Ne parle pas.

– Reste !

– Mais oui, je reste.

– Assieds-toi... Non, pas sur mon lit. Approche le fauteuil. »

Ils ne bougèrent plus. Les bruits confus d'un matin d'automne ne troublaient pas leur paix. Yves, parfois, entrouvrait les yeux, voyait ce visage grave et pur que la fatigue de la nuit avait marqué. Jean-Louis, délivré de l'inquiétude qui l'avait rongé depuis l'avant-veille, s'abandonnait maintenant à un repos profond au bord du lit où son jeune frère était vivant. Il fit, vers midi, un rapide repas, sans quitter la chambre. La journée coulait comme du sable. Et soudain, cette sonnerie du téléphone... Le malade s'agita ; Jean-Louis mit un doigt sur sa bouche et passa dans le cabinet. Yves éprouvait, avec bonheur, que plus rien ne le concernait : aux autres de se débrouiller ; Jean-Louis arrangerait tout.

« ... de Bordeaux ? Oui... Dussol ? Oui, c'est moi... Oui, je vous entends... Je n'y puis rien... Sans doute : un voyage impossible à remettre... Mais non. Janin me remplace. Mais si... puisque je vous dis qu'il a mes instructions... Eh bien, tant pis... Oui, j'ai compris : plus de cent mille francs... Oui, j'ai dit : tant pis... »

« Il a raccroché », dit Jean-Louis en rentrant dans la chambre.

Il s'assit de nouveau près du lit. Yves l'interrogeait : l'affaire dont parlait Dussol ne serait-elle pas manquée à cause de lui ? Son frère le rassura ; il avait pris ses mesures avant de partir. C'était bon signe qu'Yves fût soucieux de ces choses, et qu'il s'inquiétât de savoir si Joséfa avait bien reçu le chèque qu'ils avaient décidé de lui offrir.

« Mon vieux, imagine-toi qu'elle l'a renvoyé...

– Je t'avais dit que c'était insuffisant...

– Mais non : elle trouve, au contraire, que c'est trop. Oncle Xavier lui avait donné cent mille francs de la main à la main. Elle m'écrit qu'il a eu beaucoup de remords au sujet de cet argent dont il croyait nous frustrer. Elle ne veut pas aller contre ses intentions. Elle me demande seulement, pauvre femme, la permission de nous offrir ses vœux au Jour de l'An ; et elle espère que je lui donnerai des nouvelles de tous et que je la conseillerai pour ses placements.

– Quelles valeurs oncle Xavier lui avait-il achetées ?

– Des *Lombards Anciens* et des *Noblesse Russe* 13 1/2 %. Avec ça, elle est tranquille.

– Elle habite à Niort, chez sa fille ?

– Oui... figure-toi qu'elle voudrait aussi conserver nos photographies. Marie et Danièle trouvent que c'est indiscret de sa part. Mais elle promet de ne pas les exposer, de les garder dans son armoire à glace. Qu'en penses-tu ? »

Jean-Louis pensait que l'humble Joséfa était entrée dans le mystère Frontenac, qu'elle en faisait partie, que rien ne l'en pourrait plus détacher. Certes, elle avait droit aux photographies, à la lettre du Jour de l'An...

« Jean-Louis, quand José sera revenu du service, il faudrait habiter ensemble, se serrer les uns contre les autres comme des petits chiens dans une corbeille... (Il savait que ce n'était pas possible.)

– Comme lorsque nous mettions nos serviettes

de table sur la tête et que nous jouions à la « communauté », dans la petite pièce, tu te rappelles ?

– Dire que cet appartement existe ! Mais les vies effacent les vies... Bourideys, du moins, n'a pas changé.

– Hélas ! reprit Jean-Louis, on fait beaucoup de coupes, ces temps-ci... Tu sais que le côté de Lassus va être rasé... Et aussi en bordure de la route... Tu imagines le moulin, quand il sera entouré de landes rases...

– Il restera toujours les pins du parc.

– Ils « se champignonnent ». Tous les ans, quelques-uns meurent... »

Yves soupira :

« Rongés comme des hommes, les pins Frontenac !

– Yves, veux-tu que nous repartions ensemble pour Bourideys ? »

Yves, sans répondre, imagina Bourideys à cette heure : dans le ciel, le vent de ce crépuscule devait unir, séparer, puis, de nouveau, confondre les cimes des pins, comme si ces prisonniers eussent eu un secret à se transmettre et à répandre sur la terre. Après cette averse, un immense égouttement emplissait la forêt. Ils iraient, sur le perron, sentir le soir d'automne... Mais si Bourideys existait encore aux yeux d'Yves, c'était comme tout à l'heure sa mère, dans ce rêve, vivante, et pourtant il savait qu'elle était morte. Ainsi, dans le Bourideys d'aujourd'hui, ne subsistait plus que la chrysalide abandonnée de ce qui fut son enfance et son amour. Comment exprimer ces choses, même à un frère bien-aimé ? Il prétexta que ce serait difficile de demeurer longtemps ensemble :

« Tu ne pourrais pas attendre que je fusse guéri. »

Jean-Louis ne lui demanda pas : guéri de quoi ?

(Il savait qu'il aurait dû demander : guéri de qui ?) Et il s'étonnait qu'il pût exister tant d'êtres charmants et jeunes, comme Yves, qui n'éprouvent l'amour que dans la souffrance. Pour eux, l'amour est une imagination torturante. Mais à Jean-Louis, il apparaissait comme la chose la plus simple, la plus aisée... Ah ! s'il n'avait préféré Dieu ! Il chérissait profondément Madeleine et communiait chaque dimanche ; mais deux fois déjà, d'abord avec une employée au bureau, puis auprès d'une amie de sa femme, il avait eu la certitude d'un accord préétabli ; il avait perçu un signe auquel il était tout près de répondre... Il lui avait fallu beaucoup prier ; et il n'était point sûr de n'avoir pas péché par désir ; car comment distinguer la tentation du désir ? Tenant la main de son frère, dans la lueur d'une lampe de chevet, il contemplait avec un triste étonnement cette tête douloureuse, cette bouche serrée, toutes ces marques de lassitude et d'usure.

Peut-être Yves aurait-il été heureux que Jean-Louis lui posât des questions ; la pudeur qui les séparait fut la plus forte. Jean-Louis aurait voulu lui dire : « Ton œuvre... » Mais c'était courir le risque de le blesser. D'ailleurs, il sentait confusément que cette œuvre, si elle devait s'épanouir, ne serait jamais que l'expression d'un désespoir. Il connaissait par cœur ce poème où Yves, presque enfant, racontait que pour l'arracher au silence, il lui fallait, comme aux pins de Bourideys, l'assaut des vents d'ouest, une tourmente infinie.

Jean-Louis aurait voulu lui dire encore : « Un foyer... une femme... d'autres enfants Frontenac... ». Il aurait voulu, surtout, lui parler de Dieu. Il n'osa pas.

Un peu plus tard (c'était déjà la nuit) il se pencha sur Yves qui avait les yeux fermés, et fut surpris de le voir sourire et de l'entendre lui assurer qu'il ne dormait pas. Jean-Louis se réjouit de l'expression si tendre et si calme qu'il vit dans ce regard longuement arrêté sur le sien. Il aurait voulu connaître la pensée d'Yves, à ce moment-là ; il ne se doutait pas que son jeune frère songeait au bonheur de ne pas mourir seul : non, il ne mourrait pas seul ; où que la mort dût le surprendre, il croyait, il savait que son aîné serait là, lui tenant la main, et l'accompagnerait le plus loin possible, jusqu'à l'extrême bord de l'ombre.

Et là-bas, au pays des Frontenac et des Péloueyre, au-delà du quartier perdu où les routes finissent, la lune brillait sur les landes pleines d'eau ; elle régnait surtout dans cette clairière que les pignadas ménagent à cinq ou six chênes très antiques, énormes, ramassés, fils de la terre et qui laissent aux pins déchirés l'aspiration vers le ciel. Des cloches de brebis assoupies tintaient brièvement dans ce parc appelé « parc de l'Homme » où un berger des Frontenac passait cette nuit d'octobre. Hors un sanglot de nocturne, une charrette cahotante, rien n'interrompait la plainte que, depuis l'Océan, les pins se transmettent pieusement dans leurs branches unies. Au fond de la cabane, abandonnée par le chasseur jusqu'à l'aube, les palombes aux yeux crevés et qui servent d'appeaux, s'agitaient, souffraient de la faim et de la soif. Un vol de grues grinçait dans la clarté céleste. La Téchoueyre, marais inaccessible, recueillait dans son mystère de joncs, de tourbe et d'eau les couples de biganons et de sarcelles dont l'aile siffle. Le vieux Frontenac ou le vieux Péloueyre qui se fût réveillé d'entre les morts en cet endroit du monde, n'aurait découvert à aucun signe qu'il y eût rien de changé au monde. Et ces chênes, nourris depuis l'avant-dernier siècle des sucs les plus secrets de la lande, voici qu'ils vivaient, à cette minute, d'une seconde vie très éphémère, dans la pensée de ce garçon étendu au fond d'une chambre de Paris, et que son frère veillait avec amour. C'était à leur ombre, songeait Yves, qu'il eût fallu creuser une profonde fosse pour y entasser, pour y presser, les uns contre les autres, les corps des époux, des frères, des oncles, des fils Frontenac. Ainsi la famille tout entière eût-elle obtenu la grâce de s'embrasser d'une seule étreinte, de se confondre à jamais dans cette terre adorée, dans ce néant.

A l'entour, penchés du même côté par le vent de mer et opposant à l'ouest leur écorce noire de pluie, les pins continueraient d'aspirer au ciel, de s'étirer, de se tendre. Chacun garderait sa blessure, – sa blessure différente de toutes les autres (chacun de nous sait pour quoi il saigne). Et lui, Yves Frontenac, blessé, ensablé comme eux, mais créature libre et qui aurait pu s'arracher du monde, avait choisi de gémir en vain, confondu avec le reste de la forêt humaine. Pourtant, aucun de ses gestes qui n'ait été le signe de l'imploration ; pas un de ses cris qui n'ait été poussé vers quelqu'un.

Il se rappelait cette face consumée de sa mère, à la fin d'un beau jour de septembre, à Bourideys ; ces regards qui cherchaient Dieu, au-delà des plus hautes branches : « Je voudrais savoir, mon petit Yves, toi qui connais tant de choses... au ciel, pense-t-on encore à ceux qu'on a laissés sur la terre ? » Comme elle ne pouvait imaginer un monde où ses fils n'eussent plus été le cœur de son cœur, Yves lui avait promis que tout amour s'accomplirait dans l'unique amour. Cette nuit, après beaucoup d'années, les mêmes paroles qu'il avait dites pour conforter sa mère, lui reviennent en mémoire. La veilleuse éclaire le visage admirable de Jean- Louis endormi. O filiation divine ! ressemblance avec Dieu ! Le mystère Frontenac échappait à la destruction, car il était un rayon de l'éternel amour réfracté à travers une race. L'impossible union des époux, des frères et des fils serait consommée avant qu'il fût longtemps, et les derniers pins de Bourideys verraient passer, non plus à leurs pieds, dans l'allée qui va au gros chêne, mais très haut et très loin au-dessus de leurs cimes, le groupe éternellement serré de la mère et de ses cinq enfants.

IMPRIMÉ EN FRANCE PAR BRODARD ET TAUPIN
La Flèche (Sarthe).
N° d'imprimeur : 2523 – Dépôt légal Édit. 3434-05/2000
LIBRAIRIE GÉNÉRALE FRANÇAISE - 43, quai de Grenelle - 75015 Paris.
ISBN : 2 - 253 - 01024 - 3